Jorge Luis
# Borges

Discusión

# 讨论集

[阿根廷] 豪尔赫·路易斯·博尔赫斯 著

徐鹤林 王永年 译

上海译文出版社

不把作品变成铅字是件坏事，

因为重写这些作品是消耗生命。

阿方索·雷耶斯《贡戈拉问题》，第六十页

# 目 录

本集除《阿根廷作家与传统》一篇为王永年所译,其余各篇均为徐鹤林所译。

# 序　言

收在本集中的几篇文章无需更多的解释。《叙事的艺术和魔幻》、《电影》和《对现实的看法》是一些相似的看法，我认为大家都会同意的。《我们的不可能性》不是某些人所说的俗气的攻击，而是对我们人类某些不那么光彩性格的一份意犹未尽和凄楚悲凉的报告[1]。《为虚假的巴西里德斯[2]辩护》和《为喀巴拉辩护》是有悖时代的应景文章：不是重建艰辛的过去——与过去休戚与共。《持久的地狱》表示我对神学之深奥所持有的怀疑和始终如一的热衷。《倒数第二个对现实的看法》表明我怀有与上述相同的热衷。《保罗·格鲁萨克》是本集中最不可忽略的一篇。题为《另一个惠特曼》的一篇故意省略了我对此题材一直具有的热情；对没有进一步地突出诗人的许多艺术创新感到惋惜，这些创新确实被许多人模仿，也比马拉美的作品以及斯温伯恩的作品优美得多。《阿喀琉斯和乌龟永恒的赛跑》仅仅是收集了几种相关的说法。《荷马作品的译文》是我作为古希腊语言文化学者最早的探讨性作品——我不认为它们会退居第二位的。

　　我的生活缺乏生命和死亡。正是这种缺乏使我勉为其难地喜好这些琐碎小事。我不知道本序言的辩解对我是否有用。


豪·路·博尔赫斯

一九三二年，布宜诺斯艾利斯

---

1　现在看来，此文也缺乏说服力，故未收入。——博尔赫斯一九五五年原注
2　Basilides（公元二世纪），诺斯替教亚历山大派创始人。

# 高 乔 诗 歌

　　这是一件著名的事情：有人问惠斯勒，他需要多少时间画一幅夜景，他回答说："我的一生。"他也可以用同样严肃的口吻说，他需要用他在完成画作之前的所有世纪。在对因果法则的这种正确使用之后，紧跟着的是，最小的事实是以无边无际的宇宙作为前提的，反之，宇宙也是以最小的事实为前提的。研究一个现象的原因，甚至是像高乔文学这样简单的现象，则是做一件无以穷尽的事情；我仅提及我认为是主要的两个原因。

　　在我之前同样做这件事的人仅仅研究了一个原因：以狭长丘陵和潘帕斯草原为特征的牧民生活。这个原因是不充分的，虽然它们毫无疑问是同加强叙述和景色描写相适应的；美洲的许多地方，从蒙大拿、俄勒冈到智利，都有牧民生活的特征，但是直到现在，这些地方还没有写出一本像《高乔人马丁·菲耶罗》的书。所以，光有豪放的牧民和宽广的草原是不够的。虽然有威尔·詹姆斯[1]的纪实作品和不断上映的电影，在美国文学中，牛仔的分量不如中西部小庄园主或者南部黑人的分量……把高乔文学归咎于它的素材——高乔人，是明显歪曲事实真相的混淆。对高乔文学体裁的形成来说，布宜诺斯艾利斯和蒙得维的亚的城市属性比之潘帕斯草原和丘陵并非不需要。在独立战争、巴西战争和其他的混战中，都市的知识分子与高乔牧民偶遇、相识、了解；前者为后者所震撼，开始创作以草原和牧民为主题的作品，由此诞生了高乔文学。指责胡安·克鲁斯·巴雷拉[2]或者弗朗西斯科·阿库尼亚·德·菲格罗亚[3]没有从事或者没有创作高乔文学，这是愚蠢的言词；如果马丁·菲耶罗没有他颂歌和释义所代表的人性，五十年之后他就不会在边境的一家酒店里杀死一个黑人。这是艺术所具

1　Will James（1892—1942），加拿大作家和艺术家，创作过多部牛仔题材的作品。
2　Juan Cruz Varela（1824—1905），西班牙作家、外交家。
3　Francisco Acuña de Figueroa（1791—1862），乌拉圭作家、诗人。

有的深远不可估量的能量，这就是它的游戏秘密所在。以高乔文学不是高乔人的作品为由说高乔文学是虚假的或不真实的，这是故作姿态和可笑的；但是这个体裁的耕耘者还没有不受到同代人或后代人指责为虚假的例外。卢贡内斯就认为阿斯卡苏比的报纸《阿尼塞托》"是一个可怜的魔鬼，是假哲学家和爱嘲笑人的混合体"；维森特·罗西认为《浮士德》[1]中的主要人物"是两个吸血鬼和夸夸其谈的小庄园主"；维斯卡查是一个"按月领养老金的有怪癖的老头"；菲耶罗是一个"联邦–奥里维[2]式的教士，长着胡子，运气不错"。当然，这类说法是攻击中绝无仅有的；它们软弱无力和不搭界的理由是文学中的高乔人（文学中的人物）在某种程度上就是塑造他的文人。多次讲过莎士比亚的人物是独立于莎士比亚的；但是，萧伯纳则认为，"麦克白是现代文人的悲剧，是巫婆的凶手和被保护人"……在关于被描写的高乔人的真实性高低的程度上，同时应该看到，几乎我们所有人都认为，高乔人是理想之物、典型之物。于是出现了一个进退维谷的问题：如果作

---

1　指德尔坎波的长篇叙事诗。
2　Manuel Ceferino Oribe（1796—1857），乌拉圭政治家。

者向我们提供的形象完全符合这个典型，我们就视它为熟悉的和常规的形象；如果同这个典型不同，我们就感觉受到了嘲弄并因此而失望。以后，我们会谈到在高乔文学的所有人物中，菲耶罗是最具个性的、最不那么跟从传统的。而艺术就是要使用个性、具体；艺术不是柏拉图精神式的。

现在，我来考察先后出现的几位作家。


鼻祖是巴托洛梅·伊达尔戈，蒙得维的亚人。他在一八一〇年当过理发匠这件事好像使评论界着了迷；卢贡内斯是非难他的，给他起了个外号"刮胡子的"；罗哈斯[1]是赞赏他的，避而不谈他曾经的"剃头匠"身份，他一笔把他勾勒为吟唱诗人，他汇集细小的和想象的特征，自下而上地这样描写他："开衩内裤外他穿着挡风马裤；脚蹬高乔骑手带马刺的磨损的靴子；潘帕斯草原的风吹开了他胸前的深色衬衣；草帽的边沿高高地翘起，好像一直在向故土飞驰；熟悉广阔原野和荣誉的锐利眼睛使他长着络腮胡子的脸庞熠熠生辉。"

---

1　Ricardo Rojas（1882—1957），阿根廷作家、记者。

我认为有两件事，比这些繁琐的形象和服饰描述更值得记住。罗哈斯也提到了这两件事：一个是，伊达尔戈是个战士；另一个是，在他塑造哈辛托·恰诺军曹和高乔人拉蒙·孔特雷拉斯之前，曾写过许多十一音节抒情诗和十四行诗——这在一位民间诗人身上是不多见的。卡洛斯·罗斯洛认为，伊达尔戈的乡村诗歌"还没有被任何一位模仿他的杰出人物所超越"。我的看法正好相反；我认为他已经被许多人超越了，他的对话现在几乎被遗忘了。我认为，他不可思议的荣誉正是存在于被同一流派长期的和不同的超越上。伊达尔戈幸存在其他人的作品中，从某种意义上来说，伊达尔戈就是其他人。在我短暂的作家生涯中，我懂得，了解人物如何开口讲话，就知道他为何人，发现一种语调、一种声音、一种特殊的句法，就是发现了真谛。巴托洛梅·伊达尔戈发现了高乔人的语调，这就很了不起。我不再重复他的作品了；以他有名的继承者的作品为典范来批评他的作品，我们将不可避免地犯下时代错误。我只要想起，在我们听到的那些陌生的歌谣中回响着伊达尔戈的声音——不朽的、神秘的和谦逊的声音，这就足够了。

约在一八二三年，在莫隆镇，伊达尔戈因肺病无声无息地去世了。约在一八四一年，在蒙得维的亚，科尔多瓦人伊拉里奥·阿斯卡苏比采用各种各样的笔名，又开始歌唱了。前景对他并不仁慈，甚至也不公正。

阿斯卡苏比生前是"拉普拉塔河的贝朗瑞[1]"，死后是"埃尔南德斯的一个隐隐约约的先驱的影子"。这两个定义，正如它们所表明的，把他说成仅仅是一个另一类人物命运的前期人物——从时间上、从空间上都是错误的。第一个说法，是同一时代的比较，对他来说还不那么坏：这样为他定义的人没有失去谁是阿斯卡苏比的直接概念，也没有失去谁是那个法国人的充分信心；现在这两个方面都减弱了。贝朗瑞的诚实荣誉减弱了；虽然在《大不列颠百科全书》中他仍占据三行，这是由大名鼎鼎的斯蒂文森编写的；而阿斯卡苏比……第二个说法，预示或宣告《马丁·菲耶罗》的出现，则是不明智的：两部作品的相似是个意外情况，在创作目的

---

1　Pierre-Jean de Béranger（1780—1857），法国歌谣诗人，作品有强烈的政治色彩。

上毫无相同之处。这种错误说法的原因是奇怪的。阿斯卡苏比作品一八七二年的主要版本告罄和在一九〇〇年的书市难见踪影后，阿根廷文化界想为公众提供一些他的作品。出于长度和严肃的原因，挑选了《桑托斯·维加》，一部三千行的难以读懂的长诗，从开始阅读到读完它，总是断断续续的，这是经常的事情。厌烦它、避开它的人们不得不求助于应受赞扬的、无能的、可爱的同义词：先驱的概念。说他是众所周知的他的学生埃斯塔尼斯劳·德尔坎波的先驱，实在是过于明显了；于是就把他说成何塞·埃尔南德斯的先驱。这个说法有点勉强，其理由我们下面再说：先驱的优势，在偶然的少数几行中——黎明的描写、突袭的描写——它们的主题是一样的。没有人会对此犹豫，没有人会对明显的证头有怀疑：阿斯卡苏比的才能不行。（我颇内疚地写这些话；在对阿斯卡苏比某个不恭的评论中，我是不留心的人之一。）但是稍作思考即能证实，两位作者的目的都是非常明确的，阿尼塞托常有的部分优势是可以预见的。埃尔南德斯要达到什么目的？一个目的，非常清楚的一个：由马丁·菲耶罗自述他命运的历史。我们直觉了解的事实正是通过马丁·菲耶罗之口讲出来的事实，而不是别的事实。所以取消或减弱地方性色彩正是埃尔南德斯的典型手法。他不提确切的日期，也不惧马匹的颜色；我国牧民文学同英国文学中确指船具、航向和操作相比，存在着相关的影响，英国文学中的大海犹如英国人的潘帕斯草原。它没有离开现实，只是用现实来衬托英雄的性格。（康拉德对水手世界也是这样做的。）于是，本应出现在他小说中的许多舞蹈就从未描写过。相反，阿斯卡苏比却提出要直接描写舞蹈，正在学习舞蹈的身体的不连贯的动作（《保利诺·卢塞罗》，第二百零四页）：

> 接着他邀他的舞伴
>
> 胡安娜·罗莎共舞，
>
> 他俩步入舞池重复着
>
> 半个卡涅[1]和整个卡涅。
>
> 啊，姑娘！若您身体的臀部
>
> 往后退缩，

---

1 舞曲名。

因为您每跨一步

愈往后退缩，

当卢塞罗向前时

您就会失去半步。


　　在下面这十句华丽的八音节诗中，似是新的方式（《雄鸡阿尼塞托[1]》，第一百七十六页）：


贝莱·皮拉尔，首都人

我们区的美人，

舞着半个卡涅：

你们瞧瞧是否道地。

她优雅地轻蔑

这个高乔人的舞步，

他不去掉斗篷

手撑在腰上

---

1　一译"莽汉阿尼塞托"，但另一阿根廷作家德尔坎波仿效前者为自己起诨名为"雏鸡"（el pollo），故前者诨名为"雄鸡"似较呼应。

对她这样说：

亲爱的，我是个好舞伴。


把《马丁·菲耶罗》中关于斗殴的描写同阿斯卡苏比的即时表现手法相比较，也是具有说服力的。埃尔南德斯（《马丁·菲耶罗的归来》，第四歌）要突出菲耶罗面对肆意掠夺的愤世嫉俗；阿斯卡苏比要突出即将到来的印第安人的奔袭路程（《桑托斯·维加》，第八章）：


但是，当印第安人进攻时

就感觉到了，因为面对乡下人的武器，

卑鄙小人害怕地

逃在前面

在杂乱的人群中

奔走着野狗，

狐狸、鸵鸟、狮子、

扁角鹿、兔子和鹿。

它们痛苦地

穿越乡村。

于是羊群狂怒地

撅尾恶斗

秃鹫怪叫着

在空中盘旋；

但它们却是

最早有把握

告知实情的通告者

当来自潘帕斯草原的人向前迈进时

他们的喊声震天．

呀嘿！呀嘿！

野蛮人惊吓着的

这些飞鸟走兽的后面，

远处尘土飞扬

犹如乌云翻滚

飞驰着的马匹

　　鬃毛飞乱，成半月形前进

　　马上的骑手杀声震天。


　　又是一个场面，又是快意的欣赏。我认为，这个倾向正是阿斯卡苏比的特点，而不是奥尤埃拉和罗哈斯强调的他的统一派的愤怒的功能。罗哈斯（《全集》，第九卷第六百七十一页）想到阿斯卡苏比那些赤裸裸的诗句放在胡安·曼努埃尔身上无疑是不合适的，他还想到了在蒙得维的亚被包围的广场内杀害弗朗伦西奥·巴雷拉的事。这是不可比的事：巴雷拉是《拉普拉塔商报》的创始人和主笔，是个举世闻名的人物；阿斯卡苏比是个不间断创作的吟唱诗人，仅仅是即兴创作关于当地缓慢和生动生活的民间诗句的人。

　　在战火纷飞的蒙得维的亚，他轻易就唱出仇恨。尤维纳利斯的"愤怒诗句的力量所在"没有告诉我们他为何采用他那种风格；没有更直接的了，但是在攻击时的放肆和坦然就像是在玩耍或像在过节一样，像是喜欢不断地看到一样。这一点可以在一八四九年的一首十音节诗中看到（《保利诺·卢塞罗》，第三百三十六页）：

> 主人老爷，呈您
>
> 我心中的信
>
> 我以此在这里反驳
>
> 摄政者。
>
> 若您阅读它
>
> 在信的最后
>
> 您将看到
>
> 我们的摄政者也会有好笑的事儿；
>
> 因为，说实话
>
> 胡安·曼努埃尔大人也是高乔人。

　　但是，在反对同样是高乔人的罗萨斯本身时，他像运用军队似的，采用了舞蹈的形式，重新把舞池中的半个卡涅向自由派逐步逼近：

十年之前没有人

给马驹架上鞍，

卡加恰的弗鲁托斯先生

把它安置好，

　　检查中

　　他严厉地

　　训斥它。

我的生命爱他们——爱东岸人

他们是驯马人——毫无困难。

里韦拉万岁！拉瓦列万岁！

我有罗萨斯……他从不昏迷。

　　半个卡涅，

　　全场一圈，

　　整个卡涅，

　　随您高兴。

我们去恩特雷里奥斯，巴达纳就在那儿，

我们能否跳半个卡涅；

拉瓦列在那儿拉小提琴，

弗鲁托斯先生想跟着曲子一直跳到底。

　　　卡加恰的人

　　　在任何舞池

　　　都把它交给恶魔。


　　我也录下战斗的幸福（《保利诺·卢塞罗》，第五十八页）：


　　　多好的一曲强烈的谢利托[1]

　　　在某些事情中一件美事

　　　渴望的人

　　　在枪林弹雨中取乐。


　　愠色的义愤，喜欢清澈的颜色和具体的物品是阿斯卡苏比的特点。像在《桑托斯·维加》的开头：

---

1　一种亦歌亦舞的民间舞蹈。

他骑在健壮的马背上

未用马鞍，似离弦之箭

轻捷奔驰

几乎蹄不着地。


写及一个形象（《雄鸡阿尼塞托》，第一百四十七页）：


贝莱的外号是雄鸡

他举着祖国的旗帜

真正的旗帜

五月二十五日的旗帜。


在《雷法洛萨 [1]》中，阿斯卡苏比表现了在大屠杀时刻人们正常的害怕；但是由于日期这个明显的原因，他不得不合适地使用关于一九一四年战争唯一的文学创新手法：过去对害怕的凄楚的处理手法。这个创新——不可思议地

---

1　原意为阿根廷玉米棒子党人在杀人时唱的歌。

由吉卜林开始，后来由谢利夫[1]精心耕耘，著名的雷马克在长期的记者生涯中采用——在一九五〇年时仍有许多人还是不明白的。

　　阿斯卡苏比在伊图萨因戈战斗过，保卫过蒙得维的亚的战壕，在塞佩塔打过仗，他留下了他岁月的精彩诗篇。他的诗行中没有《马丁·菲耶罗》里那种听任命运的摆布；有付之行动的人的不在意的、粗糙的单纯，是不断寻找冒险和从不畏惧的人。也颇具厚脸皮，因为他的命运是痞子那把无礼的吉他以及军队的篝火。同时还有优美的音律：只要有韵律的叙事诗句（这是结合缺点和民间的相对的美德）。

　　在阿斯卡苏比的许多诨名中，"雄鸡阿尼塞托"是最有名的，可能也是最没有意义的。模仿他的埃斯塔尼斯劳·德尔坎波采用了"雏鸡阿纳斯塔西奥"。这个名字同一部非常有名的作品《浮士德》联系在一起：大家知道这部有名作品的来历：格鲁萨克。他并非缺乏不可避免的不忠实，他是这样说

1　Robert Sheriff（1896—1975），英国舞台剧和电影剧作家，根据自己在一战中经历创作的剧本《旅程的终点》，以西线战场一个掩体内生活为背景，上演后引起轰动，连演六百场左右。

这部作品的：

"埃斯塔尼斯劳·德尔坎波，省政府的高级军官，他已经悄悄地发表了长短不一和质量高低参差的许多诗作。一八六六年八月在哥伦布剧院观赏古诺[1]的歌剧《浮士德》时，他突发奇想要装成天堂观赏人中的阿纳斯塔西奥，然后以此人之口向其同伴叙说他的印象，以他的方式来讲述鬼怪的场面。只要稍微不太注重情节，这部戏谑诗歌是十分有趣的。我记得我自己曾经在《阿根廷杂志》上赞扬过把那部受人欢迎的乐曲改编成吉他曲……所有的一切都有助于取得成就；在布宜诺斯艾利斯刚刚首演的这出歌剧成了人们的热门话题；在魔鬼和博士之间叫做'鸭子'的严厉的喜剧演员，他的讽刺性表演把剧事追溯到民间和中世纪的根源，远远超过了歌德的诗歌；单调的主旋律中，伤感的震音中，精明地夹入几声风趣的谐音；总之，在克里奥主义获胜的那些年里，高乔人对话中粗野的嘲笑口吻，潘帕斯草原之子随心所欲的嬉闹，如果事实并非如此，那么它们至少造就了和程式

---

1　Charles Gounot（1818—1893），法国作曲家。

化了五十年的坏文学。"

以上是格鲁萨克的话。没有人不知道，在对待纯南美人时这位博学的作家认为轻蔑是必需的。在对待埃斯塔尼斯劳·德尔坎波方面（他马上称他为"事务所的吟唱诗人"），轻蔑之外还说他撒谎或至少是取消了真实。不忠实地界定他为公务员；而完全忘记了他曾在布宜诺斯艾利斯的包围战中、在塞佩塔、在帕冯和在一八七四年革命中战斗过。我的一位统一派的祖先曾与他并肩战斗过，他常常回忆说，德尔坎波穿着礼服参加战斗，右手搭在军帽上，向帕冯的头几颗子弹致敬。

对于《浮士德》，仁者见仁，智者见智。卡利斯托·奥尤埃拉是个对高乔作家毫无好感的人，他却把《浮士德》视为精品。像许多原始诗歌一样，这首诗可以不用印刷，因为它活在许多人的记忆中，特别是在女士们的记忆中。这无可非议；有许多功不可没的大作家——普鲁斯特、劳伦斯、伍尔夫——女人总是比男人更喜欢他们……《浮士德》的批评者说它无知和不真实。甚至连主角的坐骑的毛色也被检查过和验证过。一八九六年，拉斐尔·埃尔南德斯——何塞·埃尔南德斯的弟弟——说"那匹马是玫瑰色中带金黄，马的毛色恰恰从未有过这种颜色，找一匹有这种稀有毛色的马就像是找一只有三种颜色的猫"；一九一六年卢贡内斯证实说："任何一个像书里的主人公那样豪爽的拉美骑手都不会骑一匹玫瑰色中带金黄的马。这种马总是被人看不起，它只配在庄园里转悠，或者是顺从地作为孩子们的坐骑。"第一首十韵律诗的最后两句也受到了责备：

> 他骑着马驹
>
> 在月光下勒缰停下。

拉斐尔·埃尔南德斯认为，马驹是不上缰绳的，只装笼头，还说给马勒紧缰绳"不是拉美骑手的作风，只有暴躁的美国佬才会这样做"。卢贡内斯证实，或者写道："没有一个高乔人用勒紧缰绳来停住马。这是自傲的美国佬杜撰出来的拉美骑手的做法，因为只有美国佬才会骑着母马在花园里转悠。"

我声明我没有资格参加这类乡村事务的争论；我比受责

备的埃斯塔尼斯劳·德尔坎波更加无知。我只敢实话实说，虽然最正统的高乔人瞧不上玫瑰色中带金黄，

　　　一匹金黄的玫瑰色马

这句诗仍旧——神奇地——使我感到赏心悦目。山野之人能理解和讲述歌剧的情节也曾遭受责难。说这种话的人忘记了所有的艺术都是惯例性的；马丁·菲耶罗的自传体歌谣也在此列。

　　岁月流逝，往事已成历史，讨论马匹毛色的博学之士已经作古，没有过去的，也许是永远不会穷尽的，则是欣赏幸福和友谊所给予的快意。我认为，这种快意，它在文学中并不比在我们命运的客观世界中少见，它正是这部诗的精华所在。许多人赞美《浮士德》里对黎明、潘帕斯草原黄昏的描写，我倒是认为，开始时提到的舞台背景使之产生了虚假的印象。最主要的是对白，是对白中流露出来的清纯的友谊。《浮士德》不属于阿根廷的现实，它属于——像探戈、像"摸三张"、像伊里戈延一样——阿根廷的神话。

比埃斯塔尼斯劳更接近阿斯卡苏比，比阿斯卡苏比更接近埃尔南德斯的那位作家是安东尼奥·罗西奇，下面我就谈他。据我所知，关于他的作品只有两篇短文，两篇都不很充分的短文。我把第一篇全文抄录，仅仅是它就足以引起我的好奇心了。它是由卢贡内斯写的，在《吟唱诗人》第一百八十九页。

"堂安东尼奥·罗西奇刚写了一部受到埃尔南德斯赞扬的作品：《三个东部高乔人》，它描写乌拉圭革命中高乔人的形象，这场革命也称阿帕里西奥运动，看来正是它给了作者创作的灵感。由于安东尼奥·罗西奇把作品寄给了埃尔南德斯，使他有了好的想法。罗西奇先生的作品由讲坛出版社于一八七二年六月十四日在布宜诺斯艾利斯出版。埃尔南德斯感谢罗西奇寄作品来的信写于同年同月的二十日。《马丁·菲耶罗》发表在十二月份。罗西奇那些杰出的和一般来说符合农民的语言和特点的诗句是半韵四行诗、双韵四行诗、十行诗和吟唱诗人的六行诗，这后一种正是埃尔南德斯必须采用的最典型的诗句。"

赞扬是重要的，如果我们考虑到，卢贡内斯民族主义的目的是为了突出《马丁·菲耶罗》和无条件地责备巴托洛梅·伊达尔戈、阿斯卡苏比、埃斯塔尼斯劳·德尔坎波、里卡多·古铁雷斯、埃切维里亚[1]，那么他的赞扬就更重要了。在审慎和长度方面都不可同日而语的另外一篇是在卡洛斯·罗斯洛《乌拉圭文学批评史》第二卷第二百四十二页上。"罗西奇的诗歌实在太糟糕，平庸无奇；他的描写缺乏多姿多彩的色调"。

罗西奇作品的最大兴趣在于它明显位于紧随其后的《马丁·菲耶罗》的前面。即使是分散的形式，罗西奇的作品预示着《马丁·菲耶罗》与众不同的特点：当然，后一部作品的手法使两部作品具有非凡的特点，也许这在第一部作品中是没有的。

开始时，罗西奇的作品并非预示《马丁·菲耶罗》，而是重复拉蒙·孔特雷拉斯和查诺之间的对话。在觥筹交错中，三个老兵诉说着他们做过的壮举。手法是通俗的，但是罗西奇笔下的人物不限于历史，更多的是他们自己做过的事。这

---

1　Esteban Echeverría（1805—1851），阿根廷作家、诗人。

些常用的带着个人印记和忧伤的对话，是伊达尔戈和阿斯卡苏比所不知道的，正是它们预示着《马丁·菲耶罗》，从语调上、从事件上、从词汇本身，都有体现。

我将摘录一些诗句，因为我已得到证实，罗西奇的作品其实还处于尚未出版的境地。

像这第一个例子，是向十行体诗的挑战：


人们称我是狡猾的人

因为我向他们拔出军刀，

因为这起床号

尖利地刺入我耳中；

我像草原人一样自由

从娘肚子里出来后

我一直自由地生活

除了我自己的命运

没有其他东西妨碍我……


我的鞘内有刀

刀背上有字：

　　利刀出鞘

　　使人畏惧。

只有掌握我的命运

此腰才会弯下，

带着它我像狮子一样

永远强悍和高傲；

　　心不跳

　　也不怕死。


我是技术高超的套马手，

活儿漂亮讨人喜，

球儿扔得准

漂亮胜于准确。

绳圈转得圆又圆

没有人可以比过我，

我以强壮著称；

勇气、健壮和勇猛

我的军刀在猛烈挥舞

喀嚓一声杀了人。


另外一些例子，这次是它们的相似或可能相似。
罗西奇写道：


我曾有羊群和家园；

马匹、房屋和马厩；

我真正感到幸福

今天却失去了一切！


战火吞没了

房屋、牲口棚和亲人

甚至一副老骨架

我不在时它也倒下！


战争吞没了它

过去的一切

只剩下

我归故里时见到的惨象。

埃尔南德斯这样写：

在故乡我有

妻子儿女和家园

但是我被送去戍边

从此开始遭难

归来时所见何物？

全是空室断墙！

罗西奇写道：

我带上所有马具

系皮带的漂亮嚼子

精心编结的

新缰绳；

一副牛皮鞍鞯

皮质优良光洁；

还有一条厚毯子，

我也把它捎上，

虽然薄板不适应长途

我也把它搁在马背上。


我花的钱似流水

因为我从不吝啬：

我戴着一顶大斗篷

斗篷长至脚踝

还有一只实心垫子

用来坐下休息；

我要经受考验

不致挨饿受冻

骑马装备一样不缺

小至一个金属扣。

我的马刺闪亮，

马鞭上带着金属箍，

马刀锋利、套球滚圆，

我取出绊马索和套马索。

腰袋里揣上

十个白色银币

由于我喜好赌牌

随时可以上桌显身手，

我自豪地认为

赌局中从未失手。


草帽、绳索和马鞍带，

马镫和马笼头

加上我们伟大东岸

花饰武器。

我再也没有见过

如此漂亮结实的马具

啊嗨！驾在快马的身上

像阳光一样耀眼

几乎无法想象！


我跨上一匹宝驹良马

快疾如飞

啊嗨，若在混乱之中

更显其良马的特征！

它的身体发热

它身上的马具

在月光下闪耀

当它冲出山梁

我骄傲地骑在它背上

这可不是在开玩笑。


埃尔南德斯写道：


我带上千里宝马

它出类拔萃！

我用它在阿亚库丘

赢钱似流水哗哗。

高乔人永远需要宝马

可以用它来赢钱。


我毫不迟疑

在马背上放好行李；

斗篷、鞍垫和家中一切

全都带走

留下我的妻子

没有衣衫遮体。


那次我一样不缺

带走所有东西

嚼子、缰绳、辔头

马绊、套球和套索。

今日见我贫寒之人

可能不信这一切！

罗西奇写道：

应有足够的山头和野地

供我藏身御寒

走兽且有巢穴

人也有躲藏之处。


埃尔南德斯写道：

于是当夜幕来临

我就去寻找栖身之处。

走兽且有巢穴

人也有栖身之地，

我不希望在家

也要我出发。


可见，一八七二年的十月或十一月，埃尔南德斯正在对
同年七月罗西奇寄给他的诗句进行再次润色。也可见埃尔南

德斯风格的简明扼要和有意的纯朴。当菲耶罗说到子女、家园和妻子时，或者在几番试探后，喊出：

　　今日见我贫寒之人

　　可能不信这一切！

他知道，城里的读者不会不感激他的简明扼要的。更自然或更使人不知所措的罗西奇，永远也不会这样做的。他的文学目的属另一个层次，经常模仿《浮士德》中最隐蔽的动人之处·

　　我曾经有过一枝晚香玉

　　因经常抚摸它

　　它那清纯的魅力

　　保留至少一个月。

　　但，啊！忘了它一小时

　　它的最后一片叶子已经枯萎。

　　同样也会枯萎

　　不幸人的梦想追求。

在第二部分，即一八七三年，这类模仿针对《马丁·菲耶罗》的其他方式，似乎是罗西奇在要求自己的权利。

其他对比就不用多说了。我认为，上述的对比足以证实这样一个结论：罗西奇的对白是埃尔南德斯定稿版的草稿。是一份即时的、不精彩的、偶然的，但是有用和预兆性的草稿。


现在来谈最重要的作品：《马丁·菲耶罗》。

我猜想，没有任何一部阿根廷作品会引起评论界同样众多的无稽之谈。在错误地对待我们的《马丁·菲耶罗》时，有三种糊涂的概念：一种是迁就宽容的钦佩；一种是毫无节制的粗糙赞扬；一种是历史或文字的插话。第一种是传统式的：它的典型代表是词不达意的文章，它们散见于报纸和取代普及版的书信，它们的继承者是杰出的，以及其他一些文章。他们在不知不觉中削弱了他们赞扬的东西，并从来不放弃指出《马丁·菲耶罗》中缺乏修辞：这是用来说修辞不当的词——就像是用"建筑"一词指恶劣变化、破坏和拆除一样。他们认为，一本书可能不属于文学：他们乐于用《马丁·菲耶罗》来反对艺术和反对智慧。罗哈斯的一句话可以概括他们的全部内容:"就像鸽子咕咕叫不是情歌或风声萧萧不是颂歌而应受指责一样,这部精彩的民谣应看做是形式粗糙、背景平淡的作品,就像是自然界的一种本质的声音。"

第二种——过分的赞扬——至今只有它的"先驱者"们徒劳的努力和牵强附会地把它同《熙德之歌》和但丁的《神曲》相比。在谈及阿斯卡苏比中校时,我讨论了这些态度中的第一种。至于第二种,我只说他们始终如一的方法是寻找古代史诗中仿造的或不贴切的诗句 ——好像相同的错误就具有说明性似的。此外,所有这个做法都源自这样的迷信:相信某些文学体裁(在这个特殊情况下是指史诗)的形式优于其他体裁。奇怪和单纯地要求《马丁·菲耶罗》具有史诗的性质,即使是以象征的手法,就是把我国的百年历史,它的世世代代、它的流放、它的强烈愿望,它的图库曼战役和伊图萨因戈战役压缩为一八七〇年的一个刀客的行动。奥尤埃拉(《拉美诗集》,第三卷,注释部分)已经粉碎了这个阴谋。他写道:"《马丁·菲耶罗》真正意义上的主题不是民族的,更不是人种的,完全不是同我国人民的起源有关,也完全不是同我国的政治独立的起源有关。它是一个高乔人生活的痛苦变迁，时间是在上一个世纪的最后三十年，那是我们这个地方性和短暂性人物，面对消亡它的社会组织，正走下坡路和即将消亡的时期，这正是由作品里的主人公吟唱叙述的。"

第三种企图要好一些。例如他们认为《马丁·菲耶罗》是草原风光的表现。这是个微妙的错误。事实是，对于我们这些城里人来说，表现乡村只能逐步地发现，只能是一系列可能的经验。这是初级草原小说的手法。赫德森的《紫色的大地》（一八八五年）和吉拉尔德斯的《堂塞贡多·松勃拉》中的主人公逐步与乡村融为一体。这不是埃尔南德斯的手法，他在涉及潘帕斯草原和草原的日常生活时，故意从不详细描绘它们——似乎这是一个高乔人向其他高乔人叙述时不会详细描绘它们一样。有人想用下面的诗句及它们之前的诗句来反对我的说法：

我了解这块土地

上面生活着我的同胞

有他们的家园

儿女和妻子。

看着他们日作夜息

真是其乐无穷。

我认为，主题不是我们感受到的惨淡的黄金岁月；这是叙述者对已失去的岁月的现时思念。

罗哈斯为未来只留下对该诗进行语文研究的余地——就是说，关于一个单词 cantra 或 contramilla 的惨淡讨论，这需要地狱里无休止的时间，而不是相对短暂的人生所能及的。在这一方面，像在许多方面一样，故意把地方色彩说成是《马丁·菲耶罗》的特色。同它的"先驱"相比，它的词语似乎是在回避乡村语言的特点，而想采用普遍的平民语言。我记得，我自小就对他的简练感到惊奇，我觉得他是克里奥而不是乡下人。《浮士德》是我的乡村语言准则。现在——已对乡村有所了解——我认为，小酒店里高傲的刀客对谨慎好客的乡下人的主导地位是明显的，这不仅是由于他所使用的词语，也由于重复出现的威胁和好斗的语调。

另一个不注意诗作的方法则是寓意。这些遗憾——据卢贡内斯对它们的最后评定——不止一次地被认为是作品的本质部分。推断《马丁·菲耶罗》的伦理，不是从它表现的命运，而是从妨碍其过程的传统的诙谐机制，或者从概述它的外在寓意出发，这是一种只有固守传统推荐的方法。我倒是愿意在这些说教中看到直接风格完全的似真性或符号。相信其表面意义就是无限制地走向矛盾。就像在《出走》第七歌中这一首完全是指乡下人的：

> 用牧草将刀擦净，
>
> 解开了老马缰绳。
>
> 慢慢地跨上鞍去，
>
> 隐蔽处缓缓而行。

我不需要重述那永久的场面：此人刚杀了人，垂头丧气。同一个人接着向我们提供了另一个寓意：

> 流淌的鲜血
>
> 至死不会忘记。

印象如此深刻

悲痛永不忘，

犹如流血人的心上

滴下火星点点。


克里奥主义的真正伦理在于叙述：就是说，流血并不是值得记住的，人是会开杀戒的（英文中有句话：kill his man，直译即为"杀死他的人"，意思是"杀死那个人人都要杀死的人"）。"在我那个时代谁没有杀过人，"一天下午，我听到一位上了年纪的人轻描淡写地说。我永远也不会忘记一位城郊居民，他严肃地对我说："博尔赫斯先生，我本来应该多次进大狱的，且总是由于杀人的原因。"

在谈完传统的奇谈怪论后，我来直接谈谈这部诗。从诗开始时的那行决定性的诗句起，几乎全诗都用第一人称；我认为这是非常重要的。菲耶罗在讲述他的历史，从他完全成年开始，是已经成人的时间，不是他寻找生命的不定时间。这使我们有点失望：我们不枉为狄更斯的读者，他的童年的创始人，我们喜欢看到人物发展到成年时期的变化。我们希望知道他如何会成为马丁·菲耶罗的……

埃尔南德斯的意图何在？讲述马丁·菲耶罗的历史，并通过这部历史，讲述他的性格。诗中的种种情节都是证明。在第二歌中，一般，过去的任何时间都比现在好的说法，是主人公感受的真实，而不是罗萨斯时期乡村里惨苦生活的写照。在第七歌中，同黑人的恶斗，既不属于打架的感觉也不属于对一件事情的记忆所提供的暂时性正反两方面，而是属于乡下人马丁·菲耶罗讲述的内容。（就像是里卡多·吉拉尔德斯经常用吉他低声吟唱，就像是伴奏的声音很好地加强了他悲壮愤怒的企图。）可以证明这一点：试以几行诗为例。我从一个命运的全面通告开始：


有位白人俘虏

一直在讲大船

由于船只传瘟疫

已把它沉没水中。

他有天蓝色的眼睛

像是一匹蓝眼睛马驹。

在众多苦难的情况中——这种死亡的残暴和无用、对船的可信回忆、毫无损伤地穿越而淹没在潘帕斯草原上的奇怪之事——，诗行中最有效的是它回忆的附言或凄楚的补充：他有天蓝色的眼睛／像是一匹蓝眼睛马驹，这行诗对已经讲述过一件事的人是很有意义的，在他的回忆上又加上了另一个印象。

下列诗行中采用第一人称也是有道理的：

> 我跪在他身边
>
> 把他托付给耶稣。
>
> 我的眼前一黑，
>
> 就可怕地倒下了。
>
> 看到克鲁斯死去
>
> 我像遭雷击似的倒下。

他看到克鲁斯死去。菲耶罗以为同伴已经死定了，出于痛苦的感受，他假装已经把痛苦表达出来了。

这种表现一个现实的手法，我认为对全诗来说是重要的。

它的主题——我重复一下——不可能是表现人的意识中的事实，也不是从这些事实中回忆可以复原变了形的最小部分，而是乡下人的叙述，他是在叙述中表现自己的人。于是，这部诗有了双重创新：一是各种情节，二是主人公的感受，这些感受是回顾性的或即时性的。这种交替的手法让人无法辨认某些细节。例如，我们不明白鞭打被害黑人的妻子是否是醉汉的野蛮行径或者是——这是我们的倾向——茫然失措产生的绝望，这种对动因的困惑使它变得更加真实。在情节的讨论中，我对已确定的情节更感兴趣的是下列主要信念：包括其细节在内，《马丁·菲耶罗》的小说性质，《马丁·菲耶罗》是小说，本能或事先策划构想的小说：这是它能贴切地传递给我们快意的性质和毫无差错地符合它日期的唯一定义。这个日期，何人不晓，是最典型的小说世纪：是陀思妥耶夫斯基、左拉、巴特勒、福楼拜、狄更斯的世纪。我举出这几个著名的名字，但是在我们土生白人作家上再加上一个美洲人的名字，他的生活中也充满了偶然性和回忆，他就是亲密的朋友、写《哈克贝利·费恩历险记》的马克·吐温。

我说是一部小说。这会使我想起古典史诗是小说的雏形。

这一点我同意，但是把埃尔德南斯的书也列在这个原始的类别则是在虚拟相似的游戏中无谓地消耗，则是放弃研究的一切可能。史诗的法则——史诗的韵律、神祇的出现、英雄们突出的政治地位——在这儿是行不通的。但小说的条件，确实是具备的。

# 倒数第二个对现实的看法

对科日布斯基[1]公爵编写的《人类之成年》一书中的本体论思考，弗朗西斯科·路易斯·贝纳德斯[2]刚刚发表了一则热情洋溢的消息。我没有看过这本书，所以，在一般评论这位贵族的玄学作品时，我只好依据贝纳德斯详尽明白的消息了。当然，我并不指望以我可疑的和交谈式的文章来替代他文章中逻辑严密的推断。我摘录他梗概的开头部分：

"科日布斯基认为，生命有三个层面：长度、宽度和深度。第一个层面是植物的生命。第二个层面是动物的生命。第三个层面是人类的生命。植物的生命是一种长度的生命。动物的生命是一种宽度的生命。人的生命是一种深度的生命。"

我认为，在这里有一个基本看法是可取的；但是，像约定俗成的三个层面，不是基于思想而是基于纯粹为了便于分类的智慧，则是可以推敲的。我写的是约定俗成，因为——分开来看——任何一个层面都是不存在的：永远只有体积，从来没有面积，也没有线和点。这里，连篇空话之出类拔萃，则向我们阐释了有机体的三个约定俗成的分类，植物——动物——人，通过空间阐释了并非不是约定俗成的分类：长度——宽度——深度（最后一个是时间的转意）。在无法估量的和令人费解的现实面前，我不认为仅以他分类中两个有关人的对称方式就能澄清它，它不过是喜好算术的泛泛而已。贝纳德斯接下去写道：

"植物的生命力在于它对太阳的需求。动物的生命力在于它对空间的追求。前者是静态。后者是动态。植物是直接的产物，其生命风格是完全静止的。动物是间接的产物，其生命风格是自由运动。

1  Alfred Korzybski (1879—1950)，波兰裔美国哲学家、科学家，普通语义学创立者。
2  Francisco Luis Bernárdez (1900—1978)，阿根廷诗人。诗作以宗教为题材。

"植物生命和动物生命的本质区别在于一个概念。空间的概念。植物不知道空间概念，而动物有空间概念。科日布斯基说，植物积聚能量而动物扩大空间。在静止和活动这两种生存方式之上，人类的生存发展着他独特的优势。什么是人的这种独特优势呢？作为积聚能量的植物和扩大空间的动物的邻居，人独占时间。"

上述对世界的三分类法，好像是同鲁道夫·斯坦纳[1]的世界四分类法有分歧或是借用了它。鲁道夫·斯坦纳不是从几何学出发的，而是从自然历史出发，深信宇宙是一个整体，他在人身上看到了编目或者是非人类生活的概括。他把矿石无生命的静止比作死人的无生命状态，把悄然无声的植物比作睡觉的人的状态，把动物只顾现时和遗忘的态势比作做梦的人的状态。（事实是，勉为其难的事实是，我们为第一类长眠不醒的尸体感到难过，我们利用第二类中的人的睡眠吞吃他们或偷摘某朵鲜花，把最后一类人的做梦诬陷为噩梦。我们占用一匹马的唯一一分钟——没有出路的一分钟，

1  Rudolf Steiner（1861—1925），奥地利科学家，灵智学首创者。

蚂蚁般大小的一分钟，不会随记忆或希望延长的一分钟——我们把它架在车辕上置于克里奥制度下或神圣的车夫协会的控制下。）鲁道夫·斯坦纳认为，凌驾于这两类之上的主人就是人，而且是大写的我：也就是说，对过去的记忆和对将来的瞻望，即时间。可见，把时间的唯一主人归咎于唯一能前瞻后观的这个论点不是由科日布斯基首创的，它的内涵——同样令人感到奇妙的——，动物只有现时或恒时和处于时间之外这个内涵也不是他首创的。叔本华在他的《作为意志和表象的世界》第二篇中继续了这个立论，他谦虚地称之为章节，那是关于死亡的论述。毛特纳（《哲学词典》，第三卷第四百三十六页）讥讽地提到了这个论点。他写道："看来，对时间的交替和流淌，动物只具有模糊的预感。相反，人，如果他又是个新流派的心理学家，就能在时间上分辨间隔只有五百分之一秒的两个印象。"在布宜诺斯艾利斯从事形而上学研究的加斯帕尔·马丁也声称动物的这种无时间性和甚至连儿童也具有的无时间性是公认的真理。他这样写道："动物中缺乏时间观念，只有在先进文化的人中才首先出现这个观念。"（《时间》，一九二四年）不管是叔本华和毛特纳，通神

47

传统抑或如今的科日布斯基，事实都是人类意识到瞬间宇宙的交替和有序，这个看法确实是恢宏的。[1]

贝纳德斯继续写道："唯物主义告诉人们：你应该成为空间的富有者。而人则忘记了他自身的任务，他高尚的积聚时间的任务。我想说的是人热衷于征服可以看得见的东西。征服别人和土地。这样就产生了进步主义的谎言。其残酷的后果之一，就是产生了进步主义的阴影，产生了帝国主义。

"因此，必须把第三个层面还给人类生活。必须深化它，必须引导人类走向他理智和有效的目标。要使人重新支配世纪而不是支配几里路程。要使人类的生活更紧张而不是更扩张。"

我声明我不懂上面的话。我认为把互不对抗的时间和空间对峙起来是骗人的。我明白这个错误的渊源来自大人物，在这些大人物中有斯宾诺莎这个响亮的名字，他赋予他无关紧要的神明——上帝服从自然——以思想（即感觉到的时间）和范围（即空间）。我想对合适的唯心主义而

---

1 应加上塞内加的名字（《致卢齐利乌斯书信集》，第一百二十四封）。——原注

言，空间不过是包孕着填满时间流动的方式之一。这是时间的片断之一，与非形而上学学者一致同意的相反，空间就在时间中，而不是相反。也就是说：空间关系——更上面、左面、右面——同其他关系一样是一种确指关系，不是持续关系。

此外，积聚空间并不是与积聚时间相对立的，对我们来说，积聚空间是唯一积聚时间的方式。英国人在书记员克莱武[1]或沃伦·黑斯廷斯[2]偶然或者天才的推动下征服了印度。英国人不仅积聚空间，还积聚时间：即是经历、日日夜夜、无人关心、高山、城池、狡黠、英雄主义、叛变、痛苦、命运、死亡、瘟疫、野兽、幸福、习惯、宇宙观、方言、崇拜的经历。

我再谈谈形而上学的观点。空间是时间中的一个事实，不是像康德提出的那样是直觉的普遍方式。人有一些完整

---

1  Robert Clive（1725—1774），英国首任孟加拉行政长官，英国在印度政权的缔造者之一。
2  Warren Hastings（1732—1818），英国首任印度总督，回国后受弹劾，但被宣告无罪。

的部分是不需要空间的，像嗅觉和听觉。斯宾塞在对形而上学的理由进行讨伐性的分析时（《心理学原理》，第七部第四章），有力地论证了它们的独立性，并在长篇论证后用这句引向荒谬的话强调了它们的独立性："若有人认为气味和声音具有直觉方式的空间，他只要寻找一下声音的左边或右边，或者想象一下气味的反面，就会很容易地相信他错了。"

叔本华用少量古怪的语言和更大的热情，早就宣布了这个真理。他写道："音乐是意志的客观表现，它像宇宙一样接近意愿。"（《全集》，第一卷第三篇第五十二节）这就是说音乐并不需要世界。

我想对上述两个光辉的想法补充一点我的想法，我的想法来自它们并受它们的启迪。我们设想一下整个人类均通过听觉和嗅觉来了解现实。我们想象一下，这样就取消了视觉、触觉和味觉及它们确定的空间。我们再想象一下——逻辑地推想——余下的感官所体验的更细腻的感觉。人类——我们认为他对这个灾难如此自负——将继续编写他的历史。人类将会忘记有空间。生活在其不令人难以忍受的盲目和非物质性中，将会同我们的生活一样动人和珍贵。对这个假想的人类（不乏意愿、温柔和远见），我不会说他进入了俗话说的小船：我确信他将置于空间之外和没有空间。

一九二八年

# 读者的迷信伦理观

　　我们文学的贫乏状况缺乏吸引力，这就产生了一种对风格的迷信，一种仅注意局部的不认真阅读的方式。染上这种迷信的人认为，风格不是指作品是否有效，而是指作家表面的技巧：他对比喻、韵律、标点符号和句法的应用。他们无视自己的信念或自己的激情：寻找告诉他们作品是否有理由取悦他们的纯技巧（米格尔·德·乌纳穆诺语）。他们听说描摹的手段不能平庸，就认为如果在形容词和名词的配合上没有惊人之举，即使作品的目的已达到，仍不是好作品。他们听说简练是一种美德，但是他们的所谓简练是指某人拖泥带水地使用十个短句，而不是指使用一个长句的人（这类所谓简练的说教性狂热的典型例子，可以在《哈姆雷特》中丹麦著名政治家波洛涅斯所说的话中找到，或者在真实的波洛涅斯即巴尔塔萨·格拉西安所说的一席话中找到）。他们听说相邻的几个相同音节的重复是单调的，对散文中的这种现象他们装出痛苦的样子，虽然诗歌中的这种现象也能使他们愉悦。我想，这也是装出来的。就是说，他们不注意整体结构的有效性，而只注意各部分的布局。他们把激情纳入伦理观，尤其贴上不容讨论的标签。这种束缚已广泛流传，使得本来意义上的读者没有了，都成了潜在的评论家了。

这种迷信已被普遍接受，以至没有人对读到的作品特别是经典作品敢说缺乏风格的话了。没有自己特殊风格的作品不是好作品，任何人都不能忽略它——其作者是个例外。我们以《堂吉诃德》为例。面对这部公认的优秀小说，西班牙评论界却不愿意看到它所具有的最高价值（也许是唯一不能否认的价值）是心理方面的，却把许多人认为是神秘的风格优点加在它的头上。实际上，只要看看《堂吉诃德》中的几个片段就能感到塞万提斯不是个文体家（至少是在这里使用"文体"这个词时所指的韵律——修饰意义而言），塞万提斯更关心的是吉诃德和桑丘的命运，所以他就误入了采用他俩的谈话口吻的方法。巴尔塔萨·格拉西安的《天才的敏锐和艺术》——十分赞赏像《古斯曼·德·阿尔法拉切》那样的其他作品——没有决心提到《堂吉诃德》。克维多以开玩笑的语调写下了有关他死亡的诗句，也把它忘记了。可能会有人反对这两个反面的例子。当代，莱奥波尔多·卢贡内斯明确提出了他的一个看法：

"风格是塞万提斯的弱点，他的影响所产生的灾害是严重的。贫乏的色彩、不稳定的结构，同结局不一致的断断续续的段落、无休止的绕圈子；重复、布局失调，这就是那些只是从形式上看待这部不朽作品的崇高创作的人的遗产，他们只好啃外壳，粗糙的外壳内隐藏着实质和味道。"（《耶稣会帝国》，第五十九页）我们的格鲁萨克也说："若真要按事物的本来面目描写它们，我们必须坦白地说，作品的一大半是虚有其名的没有用处的形式。这形式证明了塞万提斯的对立面们说他语言低贱的事。这一点我不仅仅是指语言不规范，或者主要不指这一点；也不是指令人难以容忍的重复或双关语，也不是指压抑我们的那些夸夸其谈的长篇幅段落，而是指这部茶余饭后消遣之作总的松散结构。"（《文学批评》，第四十一页）。茶余饭后的作品、交谈式的作品，而不是朗诵的作品，这就是塞万提斯的作品，其他的更不用说了。我认为这个看法也适用于陀思妥耶夫斯基的或蒙田的或塞缪尔·巴特勒的作品。

风格的这种自负在另一种更感人的自负中不值一提，那就是对完美的自负。没有一位诗人，即使是最轻率的蹩脚的，会写不出一两首完美的十四行诗——一座小小的纪念碑，并等待它永垂青史，时间的创新或过时都应该尊重它。一般是指没有衬词的十四行诗，但全诗却都是衬词，也就是说，是沉渣，是无益的东西。这个久盛的谎言（托马斯·布朗《瓮葬》）是福楼拜提出和介绍的，他是这样说的：修正（在这个词最高尚的意义上）作用于思想止如斯堤克斯[1]河水作用于阿喀琉斯一样，使他不会受伤害且不可摧毁（《书信集》，第二卷第一百九十九页）。这个看法是不容争辩的，但是尚无经验向我证明它。（我忽略斯堤克斯河水的滋补作用；这种可怕的联想不是个论据，是强调语气。）完美的作品，其中任何一个

---

1　希腊神话中的冥河，阿喀琉斯被他母亲倒提双脚沐浴之地。

词的变动都会伤害作品本身，它是最不稳定的。语言的变化抹去次要的意义和细微的色彩；"完美"的作品就具有这类敏感的价值，心很容易失去力量。相反，命中注定要不朽的作品则可以穿过书写的错误、近似文本、漠不关心的阅读、不理解的火墙，不朽作品的灵魂经得起烈焰的考验。不能肆无忌惮地改变（重建作品的人如是说）贡戈拉作品的任何一行；不过《堂吉诃德》赢得了它同译者的斗争，任何不用心的译本都不能改变它的灵魂。没有看过西班牙文版《堂吉诃德》的海涅[1]，却能一直赞赏它。《堂吉诃德》的德国或斯堪的纳维亚或印度斯坦的幽灵比文体家矫揉造作的文章更有生气。

我不想使这个证实的寓意被理解为绝望或虚无主义。我不提倡疏忽，我也不相信粗制滥造词语的神秘美德。我相信这两三种次要优点的自然流露——一饱眼福的比喻、一饱耳福的韵律和感叹的新奇夸张——它们经常向我们证明对所涉

---

1 德国诗人海涅在《论浪漫派》中把《堂吉诃德》和《哈姆雷特》、《浮士德》相提并论。一八三七年他又为德文新译本《堂吉诃德》写了著名的评论《精印本〈堂吉诃德〉引言》，这是十九世纪西欧经典文评里关于《堂吉诃德》的一篇重要文献。

及的主题的热情主宰着作者，这就是一切。对真正的文学而言，一个句子粗糙和优美同样是无关紧要的。对艺术而言，韵律紧凑不会比书法或正字法或标点更陌生：这是修辞学的始创者和音乐的始创者一直向我们隐蔽的真谛所在。现今文学常见的错误倾向是强调。断然的词汇、体现模棱两可或上苍智慧或比人类更坚定的决断的词汇——唯一的、从来不、永远是、一切、完美、完成——这些词汇是全部作家的习惯行为。他们没有想过，过多地说一件事就同没有全部说清它一样无力，普遍的疏忽和强调是贫乏，读者就是这样感觉到的。这些不审慎的做法贬低了语言。在法文中就是这样，它有一句话"非常遗憾"，常常是："我将不同你们喝茶"；热情已经降格为喜欢了。法文中这种夸张手法在书面语言中同样存在。保尔·瓦莱里出色地编辑和转写了拉封丹一些可忘记和已经忘记的词语，并认定它们（针对某人）是：世界上最美的诗句。

现在我要想想未来而不是过去。而今人们已习惯默读了，这是幸运的征兆。已经有默读诗句的读者了。从这种默读的能力到完全是表意的书面文字——经验的直接传递，而不是声音的传递——有很长的距离，但总归是离将来不远了。

重读这些否定时我在想：音乐会不会使音乐绝望，大理石会不会使大理石绝望，但文学是一种会预言那个它缄默不语时代的艺术，它会用它自己的美德进行战斗并会喜好自己解决战斗和追求它的目的。

一九三〇年

# 另一个惠特曼

　　当《光辉之书》的汇编者不得不冒险提供关于他们共同的上帝的某种信息时——上帝是无比圣洁的神明，连动词"是"使用在它身上都是一种亵渎——他想出了一个绝妙的方法。他写道，上帝的面孔比一万个世界还要大三百七十倍；他明白，硕大无比可以是一种看不见的方式，甚至是绝对的方式。惠特曼的情况也是这样。他的力量是如此宏伟和明显，我们只能体会到他的雄浑。

　　谁也不用承担这个错误的主要责任。南北美洲的人们互不沟通，我们只有通过欧洲所作的介绍才有点了解。就欧洲而言，它习惯以巴黎为中心。巴黎关心艺术的策略甚于艺术本身，看看它在文学和绘画方面的宗派传统就知道了。文学和绘画一直是由委员会和它们具有特权的政客领导的：一种是议会的，口称左派和右派；另一种是宗派的，口称先锋派和保守派 更确切地说：他们感兴趣的是艺术的功能，而不是艺术的结果。惠特曼诗句的功能他们闻所未闻，以至于他们不了解惠特曼。他们倾向于把他归类：赞扬他庄重的破格，把他说成是自由体诗中许多普通创新的先驱。另外，他们还模仿他作品中最不能分开的部分：对美洲名副其实的诗人的地理的、历史的和景象的令人愉快的列举。惠特曼用它们来完成爱默生的某个预测。这些模仿和回忆是未来主义、大同主义。它们曾经是我们这个时代的全部法国诗歌，那些从爱伦·坡衍生出来的作品除外（我是指来自爱伦·坡的好理论，而不是来自他的有欠缺的实践）。有许多人甚至不知道列举是最古老的诗作手法之一——请想想圣诗和《波斯人》的第一部合唱和《荷马史诗》中船只的目录，它的主要优点不在于它的长度，而是敏感的语言协调，是词语的"相似和不同"。对此，惠特曼不是不知道的：

　　连接星星的线和子宫和父亲的角色。

或者：

　　从神圣的丈夫知道的，从父亲的作用。

或者：

　　我是作为一个支离破碎的、成功的、死亡的。

　　这一切引起的惊奇，形成了对惠特曼的一个虚假的形象：仅仅是致敬者和令人尊敬的世界性人物的虚假形象，又一个固执的不尊重地推断人的雨果的虚假形象。在惠特曼的许多诗作中，他是这种不幸的形象，对此我并不否认。我要指出的是，在另一些更好的诗作中，他是一位韵律完美的简练主义的诗人，是一位明示命运而不是欢呼命运的人。没有比译几首他的诗更能说明了：

## 有一次我经过一座人口众多的城市

　　有一次我经过一座人口众多的城市，

61

头脑里为将来记下了

它的场面，

它的建筑、它的风土人情、它的传统。

但是现在，对整个城市我只记得一位我偶然遇到的

　　女人，

因为爱而记住了她。

日复一日夜复一夜我们都在一起——其他的我早已

　　遗忘多时。

我肯定，我只记住这个热情地投入我怀抱的女人。

我们又一次漫步四方，我们相爱，我们又一次分离。

她又一次牵着我的手，我不应该离去。

我看见她在我身边，痛苦和颤抖，双唇无言。


## 当我读这本书时


当我读一本书，一本著名的传记，

（我说）这就是作家所说的一个人的生活，

当我死后，也会有人这样做吗？

(似乎有人能了解我的生活；

我自己经常想对我的真实生活我了解甚少或者

  一点也不了解。

只有几个标记，几个不清楚的关键和标杆

作为我的信息，我想在此了结。)


## 当我听渊博的天文学家演讲


当我听渊博的天文学家

当向我展示条条证明、行行数字，

当向我展示地图和图表、度量、除和加，

当从我的座位上听渊博的大文学家在阵阵掌声中

在讲台上演讲，

不知何故我突然感到茫然和厌烦，

终于我一个人悄悄地溜到外面

在夜晚湿润的空气中，我悄然无声地

不时地遥望星星。

这就是惠特曼。我不知道指出这一点是否多余——我刚注意到——即这三篇自白有一个相同的主题：任意和困苦的特殊诗歌。我们生活的回忆、不适应和羞愧的最后简化，否定智力框框和尊重感觉的最初信息，正是这些诗各自的特点。惠特曼就好像是在说：世界是不可预知的和多变的，但世界本身的可能性是财富，因为连我们自己也不知道我们有多贫乏，因为一切都是给予的。是节制的神秘文学的教训吗？这是北美的教训吗？

最后一个想法。我在想，惠特曼——具有无尽创新的人，被别人仅仅看做巨人而简单化了的人——是他祖国的一个缩小了的象征。树林遮住森林的魔幻说法可以神奇地反过来说明我的想法。因为曾有一片广袤的森林使人忘记了它是由森林组成的；因为在两个大洋之间有一个由人组成的国家如此强大，以至使人忘记它是由人组成的，是具有人类本性的。

一九二九年

# 为喀巴拉辩护

　　这不是第一次尝试也不是最后的结论，但是有两件事使之不同于其他。一是我对希伯来语几乎一无所知；二是我的情况不是想为此理论辩护，而是谈论它的诠释或密写的手法。大家知道这些手法是纵向阅读圣贤之书，这种阅读方法叫做bouestrophedon（从右向左一行，下一行则从左向右），把字母表内的一些字母有条理地用别的字母替代，字母数值之和等等。讥笑这种方法是方便的，我则希望弄懂它们。

　　很明显，它久远的原因是《圣经》机械的灵感观念。这个观念把福音传道士和先知变成了只记录上帝旨意的无足轻重的秘书。在瑞士一致法则中它盲从行事，强调《圣经》中辅音及字母标识符号的权威——原始文本是不了解的。（人对上帝文字意图的这种确切的实施，就是灵感和热情：这个词的直接意义是奉若神明。）伊斯兰教徒可以为超越这种夸张而自象，因为他们确定《古兰经》的原文——经书之母——是上帝的属性之一，就像他的仁慈或他的发怒一样，并把它看做在语言、创世之前。于是有路德教派的神学家不再冒险地把《圣经》列在上帝创造的东西之内，而把它界定为圣灵的体现。

属于圣灵把我们推向神秘的边缘。不是总的神明，而是三位一体的神明的三分之一，正是它授述了《圣经》；一六二五年，弗朗西斯·培根写道："圣灵的笔停留在约伯的伤心事上比停留在所罗门的开心事上用了更长时间。"[1] 他同时代的约翰·多恩也写道："圣灵是位有文才的作家，是位激情洋溢的著作等身的作家；他的文风既不贫弱也不啰嗦。"

不可能为圣灵定义和使可怕的三位一体及组成它的某个部分沉默。世俗天主教徒认为它是个无限正确的组成体，但也是无限乏味的；自由派人士认为它是神学家空洞的法宝，

---

1　我以拉丁文为据：diffusius tractavit Jobi afflictiones。用英文更确切：更需费神。——原注

是一种迷信，本世纪的许多进步足以破除它们了。当然三位一体是超越这些说法的。突然想到，一位父亲、一位儿子和一个幽灵聚合为一个单独结构体的观念好像是知识的畸形，一个只有噩梦才能产生的变形。我是这样认为的，但是我试图思考，对于我们不知道其目的的事物，从暂时的角度看，都是荒唐的。这里，由于事物的行业神秘性，这个一般看法变得更有道理了。

脱离救世的观念，一个人分为三个人的观念必然是随心所欲的。这里考虑到信念的需要，它基本的神秘并未减弱，但是可以发现它的企图和效用。我们明白，放弃三位一体——至少是二位一体——就是把耶稣变为上帝偶尔为之的代表，是历史的偶然事件，而不是我们崇拜的、不朽的、持续的救世主了。若圣子不同时是圣父，救世就不是神明的直接行为了；若圣子不是永恒的，那么他屈尊为人和死在十字架上的牺牲也就不是永恒的了，杰米里·泰勒[1]说："对迷失在无限年代里的灵魂，只有无限的美德才能补偿。"这样才能

---

1 Jeremy Taylor（1613—1667），英国主教、作家。

确证教义，虽然圣子衍生于圣父，圣灵依次衍生圣父圣子的观念，从异教的角度看，暗含着三位之中有一位在先，且不说其纯粹是比喻的错误本质。坚持要区分它们的神学认为没有把它们混淆起来的理由，因为一个结果是圣子，另一个结果是圣灵。永恒衍生的圣子、永恒衍生的圣灵，这是爱任纽[1]非常漂亮的决定：创造了一个没有时间的行为，是一个不完整的超时空的动词，我们可以拒绝它或者崇拜它，但是不能讨论它。地狱完全是一种物质的暴力，但是理不清的三位一体具有精神上的恐怖，窒息的、完美的无限，就像是面对面放置的镜子。但丁想用不同颜色的清澈境界的反射符号来体现它们，多恩则采用了多姿多彩的和分辨不清的复杂的蛇形来体现它们。圣保罗写道：三位一体散发着耀眼的神秘光彩。

如果圣子是上帝对世界的和解，那么，圣灵——亚他那修[2]认为是奉若神明的原则；马塞多尼奥[3]认为是天使之一——

---

1　Irenaeus（130—202），基督教主教、神学家。

2　Athanasius（约298—373），亚历山大主教和埃及大主教。他的著作包括三位一体、道成肉身和圣灵神性的论述。

3　指阿根廷作家马塞多尼奥·费尔南德斯（Macedonio Fernandez，1874—1952）。

是上帝内心固有的对我们的亲密感，没有比这更好的定义了。（索齐尼派[1]认为——我担心他们的理由十分充分——这不过是人格化的词语，是神的行为的比喻，然后一直工作到头昏眼花。）不管它是否纯粹为句法形式，确实的是，纠缠在一起的三位一体之中失明的第三个人是《圣经》公认的作者。吉本在其著作里谈及伊斯兰教的那一章中，包括了一个关于圣灵出版物的总调查，估计少说也有一百多种；但是，我现在感兴趣的是《创世记》：喀巴拉的材料。

就像现在的许多基督教徒一样，喀巴拉派相信这个历史之神性，相信它是由无限的智慧有意写成的。这个提法带来许多后果。一般文章漫不经心的空洞——例如，报纸上的短暂提法——会容忍一定数量的意外。通报——提出它——一个事实：报道说昨天一件总是不寻常的抢劫发生在某条大街上，在早上某个钟点，某个街角，但任何人都不表明解决的方法，仅仅是告诉我们某个地点，在此提供报道。这样的提示中，段落的长度和词语的声音只能是偶然的。诗句的情况

---

1　十六世纪意大利的宗教改革派。

则相反，它的一般规律是，意义隶属于悦耳（或迷信）的需要。它们中间的偶然不是声音，而是他们的意义所在。早期的丁尼生、魏尔兰，晚期的斯温伯恩就是这样的：运用语言的丰富多彩，只从事表达一般情绪。我们来看看一位第三种作家，知识分子。他在创作散文（瓦莱里、德·昆西）时，在撰写诗歌时，确实没有消除偶然，但是尽可能避免它，并使它的多数应用受到限制。他有点接近上帝，偶然这个泛泛的观念对上帝是没有任何意义的。对于我主、对于神学家们十全十美的上帝而言，他是一下子就知道的——一个智慧行为——不仅是这个饱和的世界上的一切事情，还包括所有可能发生的事情。如果其中最易消失的事变了——不可能的事也同样会变。

现在，我们想象一下这个主要的智慧，它不是用朝代、消逝和飞鸟来表达的，而是以书写的声音来表达的。根据奥古斯丁之前的口头灵感的理论，我们同样想象一下，上帝一个词一个词地说出他想说的内容。[1]这个先决条件（这正是

---

1 奥利金赋予《圣经》的文字三种意义：历史的、道德的和神秘的意义，它们分别与组成人的肉体、灵魂和精神相匹配。埃里金纳则赋予它无穷的意义，就像阳光下开屏的孔雀一样绚烂多彩。——原注

喀巴拉派的事情）使书写成了一篇绝对的文章，这里偶然的参与可以估算为零。仅是这个文件的概念就是一件优于它所有记录的奇迹。一部不能容纳偶发事件的书，一个有着无限目的、一贯正确的变化、隐蔽的启示、智慧的重叠机制，根据喀巴拉派所做的，如何会不对它质问至荒谬、至啰嗦的数字呢？

一九三一年

# 为虚假的巴西里德斯辩护

大约在一九〇五年，我知道在蒙塔内尔和西蒙编著的《西班牙语美洲百科词典》的第一卷无所不包的书页中（从A到All），有一幅简洁可怕的图画。画面上是一位国王，他有长长的雄鸡脑袋、男性的身体，张开双臂拥着一块盾牌和一根鞭子，其余部分则是作为躯干的蜷曲着的尾巴。大约在一九一六年，我读到了这个晦涩的罗列：存在着该诅咒的异教创始人巴西里德斯；安蒂渥克涅的尼古拉斯；卡波克拉蒂斯和塞林托及声名狼藉的伊比奥尼；然后是瓦伦廷[1]，开始一切的人，大海和寂静。大约在一九二三年，我在日内瓦看了一本德文版的不知什么异教的书，我得知那幅不幸的图画画的是某一位混合体的神，正是巴西里德斯诚惶诚恐地崇拜的神。我也知道诺斯替教派是些怎样既绝望又可尊敬的人，我了解到了他们热情中烧的理论。后来我有机会研读了米德（德文版，《被遗忘的信仰片断》，一九〇二年）和沃尔夫冈·舒尔茨（《起源的文献》，一九一〇年）的专著和威廉·布塞在《不列颠百科全书》中的词条。今天，我试图简要说明他们的宇宙观之一：正是异教创始人巴西里德斯的宇宙观。我完全按照爱任纽的记录。我知道有许多人说它没有价值，但是，我想，对已逝梦境的无规律的查验，可以同样接受对我们不知道是否真有人梦见过的梦的查验。另一方面，巴西里德斯左道邪说的形成是非常朴实的。它诞生于亚历山大时期，据说是在公元一〇〇年，是在叙利亚人和希腊人之间产生的。当时神学是民众喜爱的事情。

巴西里德斯宇宙观的原则是有一个上帝。这位神明威严无比，没有名字，也没有来源；由此，他近似于先天父亲的称号。他的方式是 Pleroma 或完全的：一座思想典范、理念实质、普遍概念的不可思议的神殿。这是个不变的上帝，但

---

1　Valentine（?—约269），罗马教士和基督教殉道者，又称圣瓦伦廷。

是从他的休息中释放出七位下属的神明，由于宽容了这个行动，他们便被赋予并主导第一层天。从造物主的这第一层天，产生了第二层天，也有天使、权威和神明；他们又创造了另一个更下层的天，这个天是最早的那个天的翻版。这个翻版又产生了另一个翻版，第三层天，它又创造出另一个更下层的天，就这样，一直到三百六十五层天。最里面一层天的主人是《圣经》的主人，他分出来的神明倾向于零。他和他的天使创立了这个可见的天，把我们正踩着的非物质泥土和成团，然后又把它分发开来。有理由的遗忘淹没了这个宇宙观关于人的起源的明确说法，但是，与它同时代的想象的例子使我们能挽救遗忘，即使是以泛泛的和推测的方法。在希尔根费德发表的情节里，黑暗和光一直在互不知道对方的情况下同时存在着，当它们最终相遇见面时，光马上就死了并翻了个身，但是相爱的黑暗占有了它的反射或回忆，这就是人的开始。在萨托尼洛相似的系统中，天给职能天使交代了一个临时任务，人就是依照天的形象制造出来的，但在仁慈的上帝把他自己能力的一丝闪光传递给人之前，人像蛇一样地爬行。重要的是这些叙述的相同之处：我们莽撞的或有过错的即兴之作，乃是一位有缺陷的神明用讨厌的材料做成的。我再回到巴西里德斯的说法。被希伯来上帝有责任感的天使们重新想起来的下等的人类，是值得无时不在的上帝的怜悯的，他向人类派出了一位救世主。这位救世主有虚幻的身体，因为肉体是堕落的。他那没有知觉的身体公开悬挂在十字架上，但耶稣的本质却穿过了层层叠叠的天，重新恢复到完全。他安然无恙地穿过天，这是因为他知道各层天的神明的秘密名字。由爱任纽转述的公开宣布的信仰最后说，知道这个历史真实的人，会知道如何从创造这个世界的上帝和天使的控制中解脱出来取得自由。每层天都有它自己的名字，这层天里的每位天使和主事及职能天使也都各有其名。知道他们不可比较的名字的人，可以不被看见和安全地通过他们，就像救世主一样。像圣子不会被任何人认出来一样，诺斯替派的人也不会被任何人认出来。这些神秘是不应该说出来的，只能无声地保留起来。你要认识所有人，而不让任何人认识你。

关于起源的数学宇宙观到最后堕落成了数字魔幻，三百六十五层天，每层天有七位职能天使，需要不可能记住的两千五百五十五个口头护身符：时间的推移把它们归纳为救世主珍贵的名字，即 Caulacau，不变的上帝即为 Abraxas。对于这个醒悟的异教而言，拯救就是努力记住亡者，就像是救世主的苦难就是虚幻的视觉一样——这两个幻象都神秘地同它们世界的不稳定的现实相符合。

嘲笑有名字的天使和天的对称反映的空洞混合，不是件困难的事情。奥卡姆有所指的原则：若无必要，不应增加实在东西的数目。从我这方面来说，我认为这种严厉是过时的和没有用的。重要的是要好好地改变这些不定的麻烦的符号。我认为它们有两个企图：第一个是批评的共同对象；第二个——我不无自豪地认为有所发现——到今天还未被重视。我从这个最明显的第二个企图着手。这是要平心静气地解决坏事问题的企图，通过在并非不是假设的上帝和现实之间，假设加入一系列等级分明的神明。在已经讨论过的传统中，来自上帝的这些神明随着他们离上帝越来越远，他们正在缩小或毁灭，直至触及到用不同材料胡乱创造人的可恶的权力上。在瓦伦廷系统中——它没有一切的开始，大海和寂静——一位下降的女神同一方黑暗有了两个孩子，这两个孩子是世界和魔鬼的奠基人和创始者。巫师西蒙使这段历史更为精彩：夺回了特洛伊的海伦，她原是天帝的长女[1]，后来被天使们罚入推罗水手们的妓院中遭受痛苦的轮回[2]。耶稣在人间生活的三十三年和在黄昏死于十字架，这对于诺斯替派来说，还不足以赎罪。

在这些浑噩的创新中，还有一点尚未说到。这个广泛的神学，巴西里德斯异教的那座眩目的天之塔，它的天使的增扩，造物主行星阴影弄乱了大地，下层天对完全的阴谋，稠密的人口，甚至是不可想象的和有名字的，都认为这个世界是渺小的。它们所预言的，不是我们的坏，而主要是我们的微不足道。就像是在平原上壮观的夕阳西下，天空是艳丽和壮观的，而大地则是贫乏乏味的一样。这正是瓦伦廷戏剧性宇宙观的可以解释的企图，他把两个互相认识的兄妹、一位

---

1　在希腊神话中，海伦是宙斯和丽达的女儿，年轻时被忒修斯等人劫持到阿提卡。一说被帕里斯拐到特洛伊的不是海伦的真身，而是赫拉创造的海伦的幽灵。

2　海伦，天帝痛苦的女儿，她的神话和耶稣神话之间的关联没有被她的神系所穷尽。巴西里德斯赋予耶稣一个非物质的躯体；而这位可悲的公主则说只有她的eiddon或是她的假身被诱拐到特洛伊。这为我们挽回了一个美丽的幽灵。有关海伦的这一幻影说，可参阅柏拉图的《斐多篇》和安德鲁·朗格的《书中的历险》。——原注

堕落的母亲、坏天使威力无比的嘲笑诡计和最后婚配纠缠在一起。在这部戏剧或小册子中，这个世界的创造完全是另外的一个段落。令人钦佩的想法：把世界看成主要是无关紧要的一个过程，是古老的上天传说的片面和遗忘的反映。创造世界是个偶然事件。

这种说法是大胆的；正统的宗教感情和神学谴责这种可能性为丑闻。他们认为，第一个创造是上帝自由和必然的行为。根据圣奥古斯丁的理解，宇宙不是在时间中开始的，而是与时间同时开始的——这个说法完全否定了上帝的先期存在。施特劳斯[1]认为，初始时间的假设是虚幻的，因为它不仅使以后的时间也会使"先期"的永恒受到污染。

在我们纪元的最初几个世纪中，诺斯替派同基督教徒们发生了争论。结果被清除了，但是我们不能代表他们可能的胜利。如果获胜的是亚历山大王国而不是罗马，那么我在这里简述的这些荒诞离奇和混乱不清的说法就会成为是有理的、壮观的和日常的了。就像是诺瓦利斯说的：生活是精神的一

---

1  David Strauss（1808—1874），德国神学家、作家。

种疾病；[1]或者像兰波说的：真正的生活是没有的。我们不在世界上，这些说法就会充斥符合教规的书籍。像被里希特[2]所拒绝的关于生活的上天根源和它在这个行星上的偶然分布的说法，就将会得到虔诚的实验室的无条件赞同。总之，除了是无足轻重的性质外，我们还有什么更好的等待？除了在这个世界上得到宽恕外，上帝还有什么更大的荣耀呢？

一九三一年

---

1　这一说法——生活是精神的一种疾病，是一种狂热的举动——的流传，归功于卡莱尔一八二九年发表于《外国评论》上的一篇名作。这并不是偶然的吻合，而是对极度痛苦和诺斯替派教义智力上的重要性的重新发现，那是指威廉·布莱克的《预言之书》。——原注
2　指让·保罗（Jean Paul，1763—1825），德国幽默小说家，原名约翰·里希特（Johann Richter）。

# 对现实的看法

　　休谟发现贝克莱的论据不允许有半点反驳，也不会赢得半点信任；为了淘汰克罗齐的论据，我希望有一种同样雄辩和致命的判决。休谟的准则对我没有用，因为克罗齐光明磊落的学说具有说服的功能，即使这是它唯一的优点。其缺点是不容易被掌握，它可以制止争论，但是不能解决争论。

　　他的论断（我的读者们也许记得）是美学的和表现力的统一。我不拒绝他的论断，但是，我要提醒的是，古典派习俗的作家们都回避表现力。时至今日，此事还未被重视。我来解释一下吧。

　　浪漫派总想不停地表达自己，但是通常运气不佳。古典派放弃原则要求的次数不少。我在这儿剔除了古典主义和浪漫主义两词的全部历史含意。我把它们视为两种作家的典型（两种手法）。古典主义者不是不信任语言，他相信语言符号中每个符号的所有特点和功能。例如他写道："在哥特人和同盟军分开之后，阿提拉对沙隆[1]战场上的一片寂静感到惊奇：对敌方计谋的怀疑使他在战车的包围圈里耽搁了几天。他重新穿过莱茵河，预示着他以西方帝国的名义将取得最后的胜利。墨洛温和他的法兰克人继续向匈奴人的后方进发，但保持着谨慎的距离，每天晚上多次升起篝火以示其人数众多。一直进发到图林根，该地区的人均在阿提拉的部队里服役；他们的进攻和撤退都得经过法兰克人的领地。也许他们当时犯下的暴行在八十多年后遭到克洛维[2]的儿子的报复。他们杀人质：二百名少女受到严酷的、疯狂的折磨；她们的身躯被烈马分尸，她们的尸骨被马车轮子碾碎，而她们未被掩埋的肢体则被抛弃在荒野上，成了野狗和秃鹰的猎物。"（吉本：《罗马帝国衰亡史》，第三十五章）"哥特人出发之后"之言就能感受到这种概括的、抽象的、甚至看不到的作品的间接特点。作者向我们提供了一

---

1　法国古城。四五一年，阿提拉在此被欧洲联军击溃。
2　Clovis（约466—511），法兰克王国墨洛温王朝奠基人。

种象征性游戏，无疑，格言组织准确、严谨，但是，其变化不定的情绪则由我们来定夺。这不是真正的表达；它仅限于记录一种观点，并不表现现实。它邀我们走向大量事实后面隐喻的丰富的经验、感受和反应。这些可以从他的故事中推断，但是不在故事里。确切地说，他没有写同现实的初步接触，而是在概念上进行加工。这是古典主义的方法，是一直被伏尔泰、斯威夫特和塞万提斯所关注的。我摘录第二段，几乎是滥用这个手法的一段，这是塞万提斯的："最后，罗塔里奥觉得一定要利用安塞尔莫不在家的时机加紧围攻那座堡垒。他连声说她长得漂亮，以此来挑动她的虚荣心。凡是长得稍有姿色的女人都喜欢别人说她漂亮，所以，建造在这种虚荣心之上的城堡只需采用溢美词句就有可能很快攻占。他就采用此方法向卡米拉进攻，即使卡米拉铁打的心肠也经不住罗塔里奥的猛烈进攻，在他的眼泪、乞求、承诺、献媚之中，透出无限的诚意和深深的恋情，终于使卡米拉这位向来贞洁谨慎的美女败下阵来。罗塔里奥取得了意想不到的但又是日思暮想的胜利。"（《堂吉诃德》，第一部第三十四章）

类似上述的章节构成了世界文学的绝大多数，尽管是最不相称的。如果为了不违反某一程式而批评它，是不可取的和具有破坏性的，在其明显的无效中是有效的，问题是要解决这个矛盾。

我将建议这样的假设：文学中的不准确是可以容忍的或可信的。因为在现实中，我们也有这种倾向。多数复杂概念的简化都是瞬间的作用。观察、关注，这个事实本身就是选择顺序：我们的观念，所有关注和注意都带有一种对无兴趣的东西故意省略的含意。我们通过记忆、恐惧和预感来看和听。在肉体上，下意识是生理行为的一种需要。我们的肉体会连接这一困难的章节，会应付上阶梯、处理症结、步入一定的高度、管理城市、控制湍急的河流；会养狗，会穿越大街而不被轧死；会生养、呼吸、睡觉；也许会杀人；这是我们的身体，而不是我们的智力。我们的生存是一连串的适应，也可以说是一种遗忘的教育。值得称道的是托马斯·莫尔为我们提供的乌托邦的第一条消息是他对其中的一座桥梁的"真正"长度模糊不清。

为了更好地研究古典派的东西，我反复阅读了吉本的一段话，我找到了一种几乎难以觉察到的，确确实实是无害的比喻，悄然无声统治一切的比喻。这似乎是一种和他的其他散文不协调的表达方式，他的其他散文均严谨、合乎规范（我不知道是夭折的还是成功的）。当然，引以为证的是他的不可见性，他的约定俗成的性格。他的手法使我们为古典派确定了另一种标记：即相信一旦有一种现象被炮制出来，它就立即成为一种公众的形象。在古典派的概念中，人和时间的多样性是附属的、次要的，文学永远只有一个形象。贡戈拉令人敬畏的捍卫者们维护文学，归于革新——通过他对好的博学的祖先们的文献资料的证实比喻来革新。浪漫主义发现的人格他们根本没有预料到。现在，我们大家都对它如此着迷，回避它或轻视它只是为了"具有个性"的众多技能之一。关于诗的语言只有一种论点，应该指出已被遗忘的阿诺德的复活。他提出《荷马史诗》的译者们把词汇量压缩到钦定本《圣经》的词汇之内，除临时给莎士比亚一些自由以外。他的论据是，《圣经》里的话是一种力量的传播……

　　古典派作家提供的现实是个信任问题，就像《学习时代》[1]中人物的父子关系。浪漫主义者的追求是强制性的：他

---

1　指歌德的《威廉·迈斯特的学习时代》。

们常用的方法是强调语势、装腔作势，有部分谎言。我无须查证，因为现在专业性的散文和诗歌，每一页都能受到成功的质问。

古典派对现实的准则，有三种完全不同的方式，均是行得通的。最简单的方式是一张普通的具有事实情况的通知单。（除一些令人不愉快的隐喻外，上面提到的塞万提斯书中的章节就是古典派手法的好例子。）第二种方式是设法向读者说明复杂的现实，并讲述它们的派生和结果。我不了解还有比丁尼生的《亚瑟王之死》的开篇更好的例子，出于对他写作技巧的兴趣，我把它改写成不协调的西班牙语散文，并逐句译出："这样，战场上的杀声全天都在临近冬天海边的山峦间回响，直到亚瑟王的圆桌由人们传递着安放到他们的领主亚瑟王的里昂尼斯：这时，由于亚瑟王伤势严重，由他的最后一名骑士贝提凡把他抱起来带到战场附近的一所小教堂里，里面有一张破损的祭台和一座破损的十字架。在贫瘠土地的阴影处。一边是大洋；另一边是一片大水，满月高悬。"埃瓦里斯托·卡列戈故事里三次确认最复杂的现实：第一次，通过副词这样的语法技巧；第二次，也是最好的一次，通过意外的方式传达一个事实：亚瑟王伤势严重；第三次是通过意外的补充：满月高悬。这种方法的另一个有效的例子是莫里斯[1]讲述了伊阿宋的一位水千被河里的灵活的女神们神秘地掠走以后，他是这样结束故事的：水淹没了羞涩的女神和毫无提防的睡着的男人。然而，在水淹没他们之前，一位女神跑着穿过草地，拾起那支有铜矛头的长矛、用钉装饰的圆盾、锁子甲，又跳入水中，这样，除了风和在芦苇之中看到和听到这件事的鸟儿外，谁还会讲这些事呢？在我们看来，没有提到人的证据是重要的。

第三种方法，是所有方法中最难、也是最有效的，它进行情景创造。谨以《堂拉米罗的荣耀》中最难忘的某个特点为例吧：诱人的炸肉条汤装在一只带锁的汤盘里以防短工们贪嘴。用以暗示体面的贫困、暗示拥有不少用人、暗示房内到处有楼梯、拐弯和各种灯饰。我列举的是一个简短的、直接的例子，但是，我也知道大部头作品（H．G．威尔斯严

---

1  William Morris（1834—1896），英国画家和小说家。著有长诗《伊阿宋的生与死》。

谨的和有想象力的小说[1]；笛福极其真实可信的小说）不常采用别的做法，只是长远计划的发展或一系列简单细节的描述。我同样肯定约瑟夫·冯·斯登堡在重要时刻创作的电影小说。这是值得称赞的、很难的方法；但是，它的普遍应用使之没有前面两种，特别是第二种，有较为严谨的文学性。这通常是纯句法的作用、动词的应用技巧。请以此方法试译穆尔[2]的这几行诗：

> 我是你的情人，于是酥软的
>
> 乔治在我的亲吻下颤抖。

---

1 《隐身人》的情况便是这样。小说里的主人公——伦敦凄苦冬季里一个孤僻的攻读化学的大学生，终于认识到隐身状态的特权并不能抵消隐身带来的不便。他不得不赤身裸体、光着脚在外面走动，以免仓促披上的大衣和仿佛自动行走的靴子在城里引起恐慌。透明的手里握着的手枪是无法掩饰的。他吞咽的食物在消化吸收之前也无法掩饰。天一亮，他那徒有虚名的眼睑挡不住光亮，他不得不像睁着眼睛似的睡觉。街上的车辆随时都会撞上他，他老是提心吊胆，唯恐被轧死。他不得不逃出伦敦。戴着假发，用茶色玻璃的夹鼻眼镜，安上狂欢节的假鼻子，贴上假胡子，套上手套，以免被人发现他是无形的。他在一个内地小村子里被发现后，搞得天翻地覆，引起极大恐慌。出于震慑目的，他伤亡了一个人。于是警长用警犬追捕，把他逼到火车站，杀死了他。
　　吉卜林编选的《世界最佳短篇小说》是偶然的幻想极妙的例子。见一八九三年《虚构故事集》。——原注（王永年译）
2 指爱尔兰作家乔治·穆尔（George Moore，1852—1933）。

87

它的特点在于把物主代词变为定冠词，在于定冠词的奇怪用法。它对称的反面是吉卜林的下面一行诗：

> 他们不相信纷飞的霰弹可以把海豹阻挡在它的海洋里。[1]

当然，它的（his）来自海豹（seal）。"把海豹阻挡在它的海洋里"。

一九三一年

---

1　语出吉卜林《三艘猎海豹船之歌》。

# 电　　影

　　就最近上映的几部电影，谈谈我的看法。

　　最好的一部是《卡拉马佐夫凶手》（德国电影）。它远远
地超过了其他几部。它的导演（厄泽普）巧妙地回避了德国
电影中明显的和现时的错误——阴郁的象征、同义反复或者
类似形象的徒劳重复，猥亵、对畸形的爱好、邪恶——也没
有重犯苏维埃派更加不光彩的错误，诸如绝对取消性格、纯
照相选集、委员会粗糙的教育。（我不谈法国人，到目前为
止，他们的全部努力纯粹是为了不与美国电影雷同——他们
确实没有冒这个风险。）我不了解改编成这部电影的那本长篇
小说[1]。这是个令人愉快的过错，它使我能更好地欣赏电影，
而不必老是把电影场面同阅读过的小说相比较，看看它们之

间是否相符。这样，巧妙地删除了他人所不齿的糟粕和它的优秀忠实——这两项都是不重要的——本片是非常成功的。它的现实，虽然纯粹是幻觉，却不附属也不团聚，不比约瑟夫·冯·斯坦伯格的《纽约船坞》差。对凶杀后纯真、幼稚的幸福的表现，是本片最好的时刻之一。摄像——恰到好处的黎明、等待着撞击的硕大台球、教士斯梅尔加科夫取钱的手——的创意和拍摄都是很优美的。

我再谈谈另一部电影。卓别林的那部神奇地称作《城市之光》的电影已经得到了我国评论家无条件的喝彩；事实上，书面的赞扬只不过是我们无可指责的电讯和邮件服务的证据而已，不是个人的、随意的行为。谁敢否认查理·卓别林是我们这个时代神话中最有把握的神之一，是基里科[2]不变的噩梦、刀疤脸阿尔[3]火爆的机枪，还是有限但不受限制的宇宙、葛丽泰·嘉宝高耸的肩膀、甘地蒙着眼睛的一位

---

1　指陀思妥耶夫斯基的名著《卡拉马佐夫兄弟》。

2　Giorgio de Chirico（1888—1978），意大利画家。

3　即阿尔·卡彭（Al Capone，1899—1947），二三十年代美国芝加哥有名的黑帮头领。

同行呢？有谁胆敢否认他最新式的《伤感喜剧》事先就是令人惊奇的呢？事实上，在我认为的事实上，这部观众踊跃的电影，这部由《淘金者》出色的编剧和主演的电影，不过是一个由几件小事构筑成的一个毫无生气的伤感故事电影。其中有个别情节是新颖的；有个别情节是临摹的，像拾垃圾的人面对要向他提供救济品的富人（后来发现受骗了）时机械的高兴，就是对过去那部《特洛伊海伦私生活》中的特洛伊拾垃圾人及希腊人木马计的翻版。还可以对《城市之光》提出更一般性的异议来。它的缺乏现实性只是可以同它的缺乏同样失望的非现实性相比。有真实的电影——《告发自己的人》、《乡下佬》、《世界在行走》，直至《斜地旋律》——；也有故意非真实的电影；像博扎奇[1]的那些个人至上的电影，有哈里·朗顿[2]的电影，巴斯特·基顿[3]的电影，爱森斯坦的电影。卓别林初期搞笑的手法就属于上述第二类电影。他的这些手法无疑是依靠了表面化的拍摄、快速的行动以及演员

---

1  Frank Borzage（1893—1962），美国演员、导演。
2  Harry Langdon（1884 –1944），美国喜剧演员。
3  Buster Keaton（1895—1966），美国喜剧导演。

们蹩脚的假胡须、夸张的假发和华丽的燕尾服。《城市之光》没有达到这个真实，变得不可信了。除了那位漂亮绝顶的明智的盲女人，除了永远乔装打扮和微不足道的卓别林本身，所有人物都是粗糙的和平庸的。它乱七八糟的情节是由于二十年前综合技术的混乱。我知道，使用古语和不合潮流也是文学的体裁，但是，故意使用它们与结局不好的做法是两件不同的事情。我希望我的看法没有道理——许多次都是这样的。

在斯坦伯格的《摩洛哥人》中，也可以看到厌烦，虽然它的程度不是那么普通和令人讨厌。《下层社会的法则》中，拍摄的简练、高雅的构思、交叉和充分的手法，在这里被单纯的重复比较、过分的地方色彩笔调所替代了。为了表现摩洛哥人，斯坦伯格没有想象比精心虚构一座位于好莱坞郊外的摩尔人城镇更粗劣的环境，城镇里有带帽的大斗篷、小水池和随着破晓和夕阳下骆驼群的高声祷告的报时人。相反，其总的情节是好的，它对清晰、沙漠、重回出发的处理，正是我们第一部名著《马丁·菲耶罗》的处理，或者是俄国作家阿尔志跋绥夫的小说《萨宁》的处理。《摩洛哥人》可以用同情的眼光来看，但不是英雄《搜索》产生的智力享受。

俄国人发现，倾斜拍摄（因此是变形拍摄）一只大瓶子、一头牛的后颈或一根柱子拥有比好莱坞一千零一个临时演员更高的造型价值，临时演员很快装扮成亚述人，然后被塞西尔·德米尔[1]指责为彻头彻尾的含糊不清。他们还发现了中西部的程式——揭露和间谍的优点，最后的和婚配的结局，妓女的完璧无瑕，由一位年轻的圣洁者操纵着整个结局——也可以用其他并非不值得赞美的程式来代替。（这样，在一部苏联最有名的电影中，一艘装甲舰近距离炮轰严加设防的敖德萨港，结果只击中了几座大理石狮形雕像。这种无害的炮击是由于这是一艘战功赫赫的属最高纲领派的装甲舰。）这些发现向被好莱坞的宣传充满的甚至厌倦的世界发出了挑战。世界欢迎它们，感谢它们，直至认为苏维埃电影永远遏止了美国电影（那些年里，正是亚历山大·勃洛克以惠特曼特殊的语调说俄国人是斯基泰人[2]的后代）。人们忘记了，或者他们

---

1　Cecil B. de Mille（1881—1959），美国电影制片人、导演。
2　希腊古典时代在欧洲东北部、东欧大草原至中亚一带居住与活动的游牧民族。

希望忘记，俄国人电影的优点是中断了加利福尼亚程式的传统。也忘记了不可能把某些好的或优秀的暴力（《彼得大帝》、《战舰波将金号》，也许还有《十月》）同丰富和复杂的文学相比较的，这类文学从顺利地适用于各种体裁（卓别林、巴斯特·基顿和朗顿）到纯粹的虚幻创造："疯猫"[1]和比姆伯[2]的神话。俄国人的警报流传开来了；好莱坞改革或丰富了它的某些拍摄习惯，并没有为此很担心。

金·维多，是的。我是指这位不平凡的导演，他执导了令人难以忘怀的电影像《哈利路亚》和无关紧要无足轻重的电影像《比利小子》：最著名的拳击手阿里桑纳的二十多名死者（不包括墨西哥人）的可耻历史传记，除了全景的聚合和为表现沙漠而有序取消特写的优点外，并无是处。他最近的作品《街头惨剧》，是对前表现主义作家埃尔默·赖斯同名喜剧的改编，其灵感纯粹是为了对好像是"标准"的否定努力。最小限度的情节不使人满意。有一位高尚的英雄，但受其上

---

1 美国连环漫画家乔治·赫里曼（George Herriman, 1881—1944）作品的主角，是只对老鼠单相思的猫，从一九一〇年起在报刊上连载三十多年。
2 美丽但不聪明的女孩，二十世纪二十年代开始进入美国流行语。

司的操纵。有一对罗曼蒂克的情人，但是一切合法的和宗教的结合都被禁止。有一位光荣和无度的意大利人，比生活更真实，很明显他承担作品中所有的喜剧因素，他的不真实性同他正常的同行们也形成了对照。有的人物像是真实的，有的人物则是虚构的。从根本上说，它不是一部现实主义的作品；这是一部希望落空或压抑的浪漫主义作品。

两个场景突出了它：黎明的场景，那里夜晚美妙的过程是由一首乐曲来概述的；凶杀的场景，是通过人物脸部的骚动和激动间接地向我们表达的。

一九三二年

# 叙事的艺术和魔幻

对小说创作手法的分析鲜有见诸报刊的。长期存在这种情况的历史原因是由于把其他文体置于小说之前；根本原因则是小说创作手法雾障云遮的复杂，要把它们从情节中分离出来绝非易事。中世纪的某个作品或希腊罗马六韵律五韵律诗的分析家拥有特殊的词汇和摘引几个段落就能说明问题的方便性；一部长篇小说则没有约定俗成的词汇，也不能用立竿见影的例子来说明要肯定的东西。因此，我要求对下面的叙述采取宽容的态度。

我先谈谈威廉·莫里斯的《伊阿宋的生与死》（一八六七年）中小说的一面。我的目的是文学的，不是历史的，所以我有意略去了对该诗中有关罗马诗歌影响的任何研究或貌似的研究。我只需提到古人——其中有罗得岛的阿波罗尼奥斯[1]——已经把"阿耳戈号"英雄们的各段业绩写成了诗歌，只需提到中期即一四七四年的一部作品《高贵和勇敢的伊阿宋骑士的事迹和胆识》就足够了。这部作品在布宜诺斯艾利斯当然是不可得的，但是英国的评论家们是可以查阅到的。

莫里斯的艰辛计划是对伊俄耳科斯王伊阿宋虚构冒险活动作拟真性叙述。诗作行行见奇的常用手法在这部超过一万行的诗歌中是不可能的。它需要有坚强的真实外表，才能具有自然而然中断怀疑的能力。这种能力，柯勒律治把它称作诗性。莫里斯达到了醒悟这个诗性的目的。我想分析一下他是如何达到的。

我采用第一本书中的一个例子。伊俄耳科斯王国的老国王埃宋把他的儿子交由半人半马的野兽喀戎哺养。问题就在于对半人半马野兽喀戎哺养拟真的难度上。莫里斯不留痕迹地解决了它。他先提到了这头野兽，把它混杂在同样是稀奇

---

1 Apollonius of Rhodes（约前 295—前 230），希腊诗人、语法学家。

古怪的野兽名字中。

　　　　它的箭�射中熊和狼出没之地。

　　这句话的解释并无惊人之处。这句偶然提到的话，在三十行诗后再次出现，位于描写喀戎之前。老国王命令一名奴隶带着小孩到山脚下的丛林中去，吹响象牙号角呼唤半人半马兽出来，它将是（国王警告奴隶说）一头面目狰狞的巨大野兽，他让奴隶跪在它面前。到第三次提到野兽之前，奴隶带着孩子一直奉命而行，假装是对野兽的否定。国王提醒奴隶一点也不要害怕半人半马兽。由于他对将要失去的儿子感到内疚，然后他又想象儿子日后身处森林，生活在目光机敏的半人半马兽中；半人半马兽的这一特点使他们感到鼓舞，因为它是以弓箭手驰名的。奴隶带着孩子骑上马，黎明时分在一座森林前下了马，奴隶背着孩子步行进入圣栎树林。奴隶吹响了象牙号角等待着。那天早晨只有乌鸦在叫，但奴隶开始听到一阵硬胄碰击的声音，心里感到有点害怕，他逗着一心只想拿到那支闪亮号角的小孩，以此来分散自己的惧怕。喀戎出现了：我们听说它以前的头发是黑色的，但现在它的头发几乎全白了，它同人类的鬓发的颜色没有多大区别，在前胸处人形和兽身的转换处有一只圣栎树叶做成的花环。奴隶跪倒在地。我们顺便说一下，莫里斯可以不把他对半人半马兽的形象告诉我们，甚至不向我们描绘一幅它的图像，他只要我们继续相信他的话就行了，就像是在现实世界里一样。

在第十四卷中，关于美人鱼的故事也采用了同样的手法，不过分成更多的阶段来说明。开始的形象是温柔的。平静的大海、带着柑橘香味的微风，先是被迷人的美狄亚[1]听出来的危险的音乐，毫无戒备地听音乐的水手们在听到音乐声后脸上流露出来的幸福表情，分不清乐曲的拟真性事头是以间接的方式描写的：

据说可以看到女王甜美的脸，

虽然没有对在海上精疲力竭的水手讲。

---

1 伊阿宋之妻。

它写在美人鱼出现之前。虽然美人鱼最终被水手们远远地看到，但它们总是保持着一段距离，这情况包含在一个表示情景的句子里：

> 由于他们十分接近
>
> 看到黄昏时刮起的大风
>
> 长发遮盖了雪白的身体
>
> 晚霞遮盖了她们某种令人向往的喜悦。

最后一个细节：金露水——是它们生硬的鬈发？是大海？还是两者兼而有之或者都不是？——遮盖某种令人向往的喜悦，这个细节还有另一个目的：表示它们有吸引力。这个双重目的在下列情景下又重复出现：望眼欲穿的泪帘使人的视觉产生幻象（这两种手法与半人半马兽身上的花环是一样的）。伊阿宋对塞壬[1]绝望至仇恨[2]，称它们为海的女巫，并

---

1　即美人鱼。

2　随着时间的推移，塞壬经常改变形象。首次提到她的历史学家，《奥德赛》十二卷里的游唱歌手，没有描写她的模样；在奥维德笔下，塞壬是羽(转下页)

让声音圆润的俄耳甫斯放声高歌。紧张的场面出现了，莫里斯匠心独具地告诉我们，他置于美人鱼清纯之口的歌声和置于俄耳甫斯之口的歌声不过是对当时已经唱过的曲子的变形回

---

（接上页）毛发红、面如少女的鸟；罗得岛的阿波罗尼奥斯说她上半身是女人，其余部分是鸟；莫利纳的蒂尔索大师以及纹章学说她是"半女半鱼"。也有管她们叫做"宁芙"的，值得商榷。朗普里埃的古典词典认为塞壬即宁芙，基什拉的词典认为是怪物，格里马尔的词典认为是恶魔。她们栖息在西方喀耳刻岛附近的一个岛上，其中一个帕滕诺佩的尸体在坎帕尼亚被发现，今天著名的那不勒斯以此得名，地理学家斯特拉波见过她的墓，并且看到为纪念她而定期举行的体操比赛和火炬赛跑。

《奥德赛》甲说，塞壬引诱航海者，使之毁灭，尤利西斯为了听到她们的歌声而不迷失本性，用蜡把水手们的耳朵封住，吩咐他们把他绑在桅杆上。塞壬们为了诱惑他，允诺让他听到世上所有的事物："乘着他们不幸的船舶经过这里的人无不从我们的嘴里听到像糖一样甜的声音，无不欣喜若狂，谁都不能保持理智。因为我们了解一切：我们知道阿戈斯人和特洛伊人在神的安排下在特洛伊战争中经历了多少艰辛，我们知道丰饶的地方发生了多少事情。"（《奥德赛》，第十二卷）神话学者阿波罗多洛斯在他《藏书》中收集的一个传说叙述俄耳甫斯在寻找金羊毛的阿耳戈号船上唱的歌比塞壬更甜美，塞壬们纷纷投海，变成了礁石，因为谁不被她们所惑，她们非死不可。斯芬克司的谜语被人破解后，她也从高处坠落。

六世纪，威尔士北部捕获了一个塞壬，被起了名字叫穆尔艮，在某些古老的历书中被奉为圣徒。一四〇三年，另一个塞壬越过堤坝的缺口，在哈勒姆住到老死。谁都听不懂她的语言，但她学会了纺纱，她出于本性似的崇拜十字架。十六世纪的一位编年史家推论说她不属鱼类，因为她会纺纱，也不是女人，因为她能在水中生活。

英语中把古典的塞壬（Siren）同有鱼尾的（mermaids）加以区别。后者的形成受海神波塞冬朝廷的神道人鱼（tritones）的影响。

《共和国》第十卷中，八位塞壬掌管八重同心圆层的轮转。

通常字典的解释是：塞壬，一种假设的海洋动物。——原注（王永年译）

忆。对颜色一贯同样持续的精心——金黄色的海滩边缘、金黄色的泡沫、灰色的岩石——也会感动我们，因为它们好像是那个古老黄昏的劫后余生。美人鱼歌唱是为了带来似水一般不可捉摸的幸福——这样的金黄色花冠，如此柔软，如此美妙——；俄耳甫斯歌唱，以陆上脚踏实地的冒险相对抗。据保尔·瓦莱里的又一次重复——二千五百年之后或仅仅是五十年之后？——美人鱼允诺一个水下冷漠的天空（以变幻的大海作顶）。美人鱼唱着，带着它们的危险的温柔的某个可识别的音符渗进俄耳甫斯对抗的歌声里。最后，阿耳戈号水手们通过了，紧张局面结束了，船也远离了，但是一位高个子雅典人，跑步穿过行列，从船头跃入大海。

现在我谈第二部作品，爱伦·坡的《亚瑟·戈登·皮姆的故事》。这部小说内蕴的情节是对白色东西的害怕和厌恶。爱伦·坡虚构了位于紧挨着这种颜色的巨大王国的南极圈周围的几个部落，数代之前，他们遭到白人和白色风暴袭击的灾难。白色是对这些部落的诅咒，我可以坦白地说，在小说最后一章靠近最后一行，白色也是对称道的读者的诅咒。这部小说的情节有两个：一个是即时的，指大海的变幻莫测；

另一个是贯穿始终的、隐蔽的和发展的，它只是到小说的最后才显露出来。有人说，马拉美曾说过，对一件物品直呼其名就是取消了诗歌欣赏四分之三的分量，诗歌的欣赏就在于逐步猜测的欣慰之中，理想的做法是暗示。我否认这位谨慎的诗人会写下四分之三这个轻率的数字，但是，总的说法是符合他的想法的，并且他在诗句中出色地贯彻了他的这个想法：

> 胜利逃跑样美妙的后果
>
> 光荣的胜利，灰烬泡沫式的鲜血。

　　无疑，《亚瑟·戈登·皮姆的故事》暗示了这个想法。这个无人称的白色，难道不是马拉美式的吗？（我认为爱伦·坡喜爱这个颜色，根据梅尔维尔后来在他同样才智横溢的《白鲸》的"白鲸"一章所宣称的同样的直觉和理由。）我不可能在这里展示和分析整部小说，只译出从属于内蕴情节——像所有的特征一样——一个典型的特征，是关于我提到的那个无名部落和他们岛上的小河流。确定河水是有色的或蓝色的也许就是过分拒绝白颜色的可能性。为了使我们富于想象，爱伦·坡是这样解决的：起先我们拒绝喝它，因为怀疑它是腐水。我不知道如何对它的自然属性提出一个确切的看法，这不是一两句话能说清楚的。虽然它快速地流经任何一个高低不平的地方，但是看上去河水从来都不是清澈的，只有在从高低落差大的地方坠下时才是个例外。若高低落差不大，它就黏稠稠的像是用普通水制成的阿拉伯皮筋厚厚的汤剂。但这还是它较为次要的特征。它不是没有颜色也不是固定不变的一种颜色，因为它的流动在眼睛面前呈现出各种各样的色差，就像丝绸飘动时变幻的颜色一样。我们把它放在一只容器里，我们看到整个液体分别形成各不相同的纹面，每个纹面有它自己的颜色，并不相融合在一起。如果用一把刀子横穿纹面，水马上会收紧起来，拿开刀子，水纹面上就没有任何痕迹。相反，如果把刀子紧贴着两个相邻的纹面插进去就可以把它们清晰地分开来，不会马上恢复原样。

从上面这段话可以凭直觉判断出小说创作的中心问题是偶然性。小说体裁中的一类，发展缓慢的人物小说，它虚构或具有一些联结在一起的试图不违背真实世界的动机。但是这种情况并不普遍。在变幻莫测的小说中，这种动机是不适当的；同样，在短篇小说中，在好莱坞用琼·克劳馥[1]的银色偶像撰写的壮观及无穷尽的小说中，在供城市人看了又看的小说中，这种动机也是不合适的。这里适用一条完全不同的原则：壮观悦目和绮丽纤巧。

古人的这个野心或手法由弗雷泽[2]归结成一条普遍的合适的规律，即同感，即距离相异的事物间有着不可避免的联系，或是由于它们的形象一样——模仿巫术，顺势疗法——或是由于以前是相邻的——传染巫术。表明第二种巫术的例子是凯内伦·迪格比的治疗油膏，它不是用在模糊不清的伤口上，而是用在造成伤口的那把刀上——与此同时的，伤口不经严格的治疗就会逐步收口结疤。有无数第一种巫术的例子。内布拉斯加的红种人们身披嗡呷作响的带角和鬃毛的美洲野牛皮，白天黑夜在荒原上跳着回旋疾转的舞蹈，用来吸引野牛的到来。澳洲中部的巫师在前臂划开一个伤口使鲜血

---

1　Joan Crawford（1904—1977），美国影星，在二十世纪三四十年代红极一时。
2　James Frazer（1854—1941），英国人类学家、民俗学家。

流淌，为的是使天空学他们的样或同他们相通也血流成雨水降下来。马来亚半岛上的人常常折磨或诋毁一个蜡制人像，目的是使其真人死亡。苏门答腊不能生育的妇女照料和崇拜一个木制的小孩，目的是为了使自己能生育。出于同样的理由，由于外形相似，姜的黄色根茎可以治疗黄疸，大荨麻的汤剂应该可以治疗荨麻疹。这类残忍和可笑的例子的完整清单是无法计数的。但是，我认为引用的例子足以证明巫术是偶然而不是它自相矛盾的结果或噩梦。在这个宇宙上，奇迹不比在天文学家的宇宙中少。一切自然规律支配着它，还有其他想象的规律。在迷信者看来，不仅在子弹和死人之间有必然的联系，而且在死人和一个被毁的人形蜡像或镜子的故意破碎或掀翻或侵蚀可怕的食客的盐罐之间也有必然的联系。

这种危险的和谐，这种狂热和精确的偶然性，同样也支配着小说。何塞·安东尼奥·孔德在他的《阿拉伯人西班牙统治史》中引用的撒拉逊历史学家没有写他们的国王和首领死亡，而是说他们被引向补偿和奖赏，或者走向至高无上的仁慈者，或者多少年、多少月、多少天地等待着命运。对提及一件可怕的事情就会引发这件事的担心，在对现实世界的亚洲式混乱的认识中是不适当的和没有用的，但是在一部小说中却不是这样的，小说应该是警觉、反响和近似性的一个精巧的游戏。在精心构思的小说中，所有的情节都有向后发展的倾向。所以，在切斯特顿幻觉效应中有一个是这样的：有一个陌生人为了不使另一个陌生人被汽车撞到就用力把他推开，这个令人吃惊的但又是必需的暴力行为，预示着它的最后结局——宣告第一位陌生人有精神病，以免把上述暴力行为视作罪行来判决他。在另一个里，只有一个人挑起来的一桩危险和大规模的阴谋活动（此人以胡子、面具和假名为手段）用两行诗就会叹为观止地揭露了出来：

正如所有的星星在独一无二的太阳下失去光彩，

千言万语，但至理名言（The Word）只有一句（One）。

接下去则通过大写的置换而真相大白：

千言万语，但话（the word）只有这一句（One）。

在第三个里，开始的原形——简练地提到一个印第安人向另一个扔出一把刀子，把此人杀了——恰恰是情节的反面：一个人在塔顶被他的朋友用一支箭刺中。飞出来的刀，正是被抓在手里的箭。话语有长远的反响。有一次我曾经说过，只要先提及舞台两侧的幕布就会使黎明、潘帕斯草原、傍晚蒙上不真实的缺陷，德尔坎波在《浮士德》里就画蛇添足地提到了。语言和情节的这个目的性在上乘的电影中比比皆是。在《光明磊落地玩牌》开始时几个冒险者在为争夺得到一名妓女的次序赌牌；结束时，其中一人占有了他喜欢的女人。《下层条律》中开始的对话围绕着告密展开，第一个场面是街头枪战；这些都是主题先声夺人的特征。在《声名狼藉》中，有多次重复出现的题材：剑、吻、猎、背叛、葡萄、钢琴。但是，确证、预兆。不朽著作的一个独立王国的最完美的例子首推命中注定的乔伊斯的《尤利西斯》，只要读读吉尔伯特的书评，或者在没有书评的情况下看看这部鸿篇巨著就可以了。

我想把上面说的归纳一下。我分辨了两个因果过程：一个是自然的，指不可控制的和数不清运动产生的不停歇的结果；另一个是巫术的，指精心组织和受限制地预先说出细节的。我认为，在小说中唯一可能的诚实是在第二个过程。第一个过程归于心理歪曲。

一九三二年

# 保罗·格鲁萨克

我核实过，在我的图书室里有格鲁萨克的十本书。我是个享乐型的读者：我从不允许我的责任感干预像买书这样纯属个人爱好的事，对于难相处的作家，在放弃其第一本书后我不会再买他的书，也不会——愚蠢地——买成堆的书。所以，这十本书的积累表明格鲁萨克是位可以继续读下去的作家，这种情况在英文中称作有可读性（readableness）。在西班牙文中，这种情况却少之又少：所有一丝不苟的风格会使读者因阅读费劲而产生一种不愉快的感受。除格鲁萨克之外，我只在阿方索·雷耶斯的作品中感受到一种隐蔽的或看不见的同样努力。

仅是赞扬不能说服什么；我们需要为格鲁萨克下一个定

义。由他接受和推荐的定义——这个定义把他看做仅仅是巴黎智慧的推销人，是伏尔泰的传道士——把他隶属于这样的学生地位令肯定他的民族和企图突出他的高贵人士感到心寒。格鲁萨克甚至不是个古典作家——从本质上讲何塞·埃尔南德斯更加古典——这种教授法也不是必需的。举例来说：阿根廷小说不是缺乏严肃而不可读，而是缺乏想象、热情。我认为，我们的一般生活也是这样的。

很明显，在保罗·格鲁萨克身上除了教师的压制和面对无能的喝彩聪明地发出极大的愤怒之外，还有别样的东西。在轻蔑之中还有一种并非故意追求的愉快。他的习惯风格是轻蔑，我认为他没有常人在这样做时的不适应感。愤怒诗句的力量没有告诉我们他创作散文的理由：不止一次的致命和惩罚，就像在图书馆中某个有名的原因一样，但是一般来说他是保守的、善于讥讽的、有回旋余地的。他善于消沉，甚至乐于消沉；他不需要或不适应赞赏。只需想想他关于塞万提斯的那些有违正统的精彩的讲座和然后又对莎士比亚泛泛的狂热，只需比较一下这个极大的讽刺——我们颇为遗憾，因为皮涅洛博士的辩护词上市出售的情况成了推广他的一个巨大障碍，这一年半外交生涯的风风雨雨仅仅是为了在科尼家中留下"印象"。上帝知道，至少由我们来看，不会如此，不应有如此伤感的命运。——以这样的羞辱或放任：在我抵达时看到庄稼地金黄的收获后，我现在在蓝色雾气中时隐时现的地平线上看到的是收获葡萄的愉快节日，它把平庸普通的压榨场和工厂卷入了一场诗意缠绵的巨大庆典之中。远处，在远离人烟稀少的街道和它病态的剧场很远的地方，在我的庄稼地下，我又重新感到了古老而又永远多产和年轻的库柏勒[1]女神的颤动，对她来说冬天的休养生息不过是孕育即将来临的另一个春天……我不知道是否可以做这样的推测，即优雅的风格全被他用于恐怖的目的，但是不优雅的风格则用于他自己的目的。

但凡作家去世，人们就会马上提起那个虚构的老话题，即探求或预测他的哪些作品能得以传世。这个问题是高尚的，因为它排除作家和产生他的时代，提出了有可能存在永恒的智力业绩；但它也是个恶习，因为似乎有腐败的味道。我认

---

1 众神之母。

为不朽的问题倒是颇具戏剧性的。完人存在或消失。错误毫无伤害：若具有特点，就有价值。格鲁萨克不是个混同一般的人，勒南[1]为得不到荣誉而感叹，但他不会不存在。他在拉美的不朽则归于英国作家约翰逊博士：一个权威、博学、尖刻的人。

在欧洲或北美最早的国家里一位作家几乎不为人知的这种不愉快的感觉，使许多阿根廷人在我们这个管理不善的共和国内也给他优先的地位。但是，这个地位还是属于他的。

一九二九年

---

1 Ernest Renan（1823—1892），法国哲学家、历史学家。一八六一年成为法兰西学院希伯来文教授人选，因所著《耶稣的一生》引起很大争议，九年后才得到正式任命。

# 持久的地狱

　　年复一年日趋衰退的思考是对地狱的思考。连传道士本身也不重视它了，也许是缺乏民众可怜的支持，虽然他们是言听计从的。民众认为宗教裁判所的教会篝火是在这个世界上：无疑它是临时的惩罚；但是在地面的界限内，它值得成为不朽的比喻，而作为不朽的比喻和不受破坏的永久痛苦，它并非不合适。这是神明怒火的继承者永远明白的。不管这种假设是否满意，宗教裁判所宣传的乏力，却是个不容争辩的事实。（谁也不奇怪：宣传之声不属贸易系统，而是属于天主教系统，是红衣主教们的聚会机构。）公元二世纪，迦太基人德尔图良[1]可以在他下列的演说中构想和预见它的运作：表演使你们快乐，请你们等待最大的快乐，即最后判决。当看到那么多高傲的国王和骗人的神在黑暗的最底层呻吟；当看到那么多追随上帝的法官在篝火中焚烧，这火比唆使反对天主教的篝火燃得更猛烈；当看到那么多严肃的哲学家和他们无辜的听众们被篝火烤得脸红似炭；当看到那么多欢呼喝彩的诗人不是在弥达斯[2]的评判前而是在基督的评判前颤抖；当看到那么多悲剧演员现在在一场如此纯真的苦难面前更加悲悲戚戚……我是多么惊讶！有多少欢笑！多少欢乐！多少喝彩！（摘自《演出》，三十；吉本摘录和翻译）。但丁本人在他以趣闻轶事预见神明对意大利北方的某些判决卜缺之同样的热情。后来克维多（时代错误真正可笑的时机）和托雷斯·比利亚罗埃尔[3]（比喻的真正时机）文学中的地狱，只表明是教义不断增长的报答。在他们的作品中，地狱的衰落几乎同在波德莱尔的作品中一样，他深深地怀疑他假装崇拜的那些永不消失的刑法（一个重要的词源 gêner〔生殖、产生〕，是从 gehenna〔地狱〕这个《圣经》里强烈的单词派生出来

1  Tertullian（约160—约225），第一位用拉丁文撰写重要著作的基督教神学家。
2  希腊神话中的弗里吉亚国王。
3  Torres Villarroel（1693—1770），西班牙作家。

的平常的法语动词）。

　　我来谈谈地狱。《西班牙美洲百科词典》中相关的词条
是篇有趣的读物，这不是由于它贫乏的信息或它教堂执事般
惊恐万状的神学，而是由于它隐约可见的困惑。它一开始就
认为，地狱的概念不是天主教专有的，其谨慎的内在含义是：
共济会员不要说野蛮行径是教会引进来的。但是，紧接着它
想起地狱是教义，并颇为难地补充说：基督教光辉永驻的荣
誉把许多散布在假宗教中的真理吸引到它自己的身边来。不
管地狱是自然宗教的论据还是启示宗教的论据，事实上，并
非神学的任何别的事情都会使我有同样的迷恋和影响。我不
是指修道院内流传的极简单的神话（粪便、烤肉器、火、火
钳），它逐步在走下坡路，而且所有作家都违背他们的想象和
正经态度，重复着它。[1] 我指严谨的概念——对坏人永久惩罚
的地点——除了教义，即把它放在"现实中"，放在一个适当

---

1　但是，地狱的业余爱好者们做得很好，他们没有轻易放弃这些体面的过失：
　　萨比教徒的地狱里，四个重叠的前厅的地面上流淌着小股脏水，但它的正厅
　　却是宽大的，布满灰尘，空无一人。斯维登堡的地狱里，拒绝升天的罪人感
　　觉不到它的阴暗，萧伯纳（《人与超人》，第八十六至一百三十七页）的地狱里，
　　豪华、艺术、情爱和名气空洞地分散了它的永恒。——原注

的地方，"一种不同位置的幸福"，除了不同于被上帝看中的人的居住地之外，没有别的意义。设想相反的东西也许是恶意的。吉本在他的《罗马帝国衰亡史》第五十章中想为地狱增添奇迹，他写道，火焰和黑暗这两个普通之极的词足够制造出一种痛苦感，而且痛苦感会由于一种永远持续的想法而无限制地加重。这种令人难以满意的弥补可能证实了炮制地狱是容易的事。不过，没有缓解它创作令人赞叹的恐惧。永存的特性是恐怖。连续性的特性（神的追踪没有间隙，地狱里没有梦的事实）更加恐怖，但那是不可能的设想。痛苦的永存是有争议的部分。

有两种重要的、漂亮的论据使永存无效。最古老的是有条件的永生或毁灭的论据。这个可以理解的理由认为，不是死了的人的本质特性，而是体现在基督身上的上帝的才能。所以，赋予个人的特性不能用来反对个人自己。这不是一种诅咒而是一种天赋。该得到它的人与苍天同在。谁被证实不配得到它，就像拜伦所写的为死而死，则死而无存。按此仁慈的理论，地狱是上帝忘却的、亵渎神明的人的名字。它的宣扬者之一是沃特利，那本有名的关于拿破仑历史疑问的小册子的作者。

一八六九年由福音派神学家罗特提出的思考最新奇。他的论据（由于拒绝同情对被判有罪的人无穷无尽的惩罚而显得高尚）认为，使惩罚永存就是使邪恶永存。他断定，上帝在他的领域里不可能喜欢那种永存。他坚持认为，罪恶深重的人和魔鬼永远是嘲弄上帝仁慈意愿的丑行。（神学明白，创造世界是爱的作品。就此而言，命中注定是指命中注定享有光荣。惩罚正是其反面，是一种不可解释为对地狱痛苦的选择，但不是神的仁慈的一种特别行为。）总之，他主张被罚下地狱的人是减少或正在减少生命。我早已看到他们在宇宙的边缘，在无限空间的缝隙中抢劫，游荡，维持着他们的余生。他最后说：由于恶魔们无条件地远离上帝，无条件地成为上帝的敌人，所以他们的行为是反对上帝王国的，他们的行为使他们组成恶魔王国，当然该王国应该选一个头人。应该把恶魔王国的头（魔鬼）想象成是可变的。登上该王国宝座的人们屈从他们肉体的灵魂，但要在魔鬼的子孙后代中更新换届。（《教义》，第一卷第二百四十八）

我到了我的任务最难以置信的部分：人类编织的有利于

地狱永存的论据。我按其含义的延伸顺序加以概述。第一种是惩戒方面的：对惩罚的恐惧恰恰在于它的永存，而怀疑它的永存会使教义无效，从而帮助了魔鬼。这是类似警方的论据，我不认为有驳斥它的必要。第二种是这样写的：痛苦应该是无限的，因为罪过是无限的，这是由于冒犯了我主的威严，而我主是无限的。人们觉得这种证明的证实多得可以推断它什么也没有证实，它证实没有可以宽恕的罪过，所有的罪过都是不可饶恕的。我补充一点，那纯粹是经院式的轻浮，它的欺骗性在于无限一词的繁多词义，这个词用在上帝身上是无条件的，而用于痛苦则是不停的，用于罪过，我则根本不懂。此外，罪过之所以是无限的，正是由于它冒犯了我主，而我主是无限的，这就好像说，由于上帝是神圣的，所以罪过也是神圣的，或者说老虎造成的伤害也必须是有老虎花纹的。

现在，摆在我面前的是第三种论据，唯一的论据。它也许是这样写的：有苍天的永存和地狱的永存，因为意愿的尊严这样确定了它，或许我们有能力永远这样做，或许这个我是自欺欺人。这个论据的功能是不合逻辑的，更为严重的是：

它完全是戏剧性的，是强加给我们的一种游戏；使我们迷失方向，坚持邪恶，拒绝恩赐，成为永不熄灭的火堆里的柴薪，是使上帝在我们的命运中失败的严酷权力，使上帝的身体永无光彩。它对我们说，你的命运是真实的东西，永久的惩罚和永久的拯救存在于你生命的每一分钟；这种责任正是你的荣誉。这和班扬的感情一样：当上帝说服我的时候不是闹着玩，当魔鬼触摸我的时候，不是闹着玩，当我陷入无底深渊的时候，当地狱的磨难控制我的时候，我不是闹着玩；现在，在我讲述这些磨难的时候，我也不应闹着玩。

我相信，在我们难以想象的命运中，即被像肉体痛苦之类的卑劣行为控制着的命运中，所有古怪的东西都可能有，甚至有一个永远存在的地狱，但是，相信它则是一种反宗教的倾向。

### 附记

在单纯消息的这一页，我还可以说一个梦的消息。我梦见我从另一个（有众多灾难和混乱的）梦中出来，在一间回忆不起来的房间里醒来。愈来愈清楚了，一盏普通的小灯，可以清楚地看到一张铁床的脚、一把精制的椅子、关着的门和窗、一张空桌子。我害怕地想，我在哪儿？我明白我不知道。我想我是谁？可我不认识自己，这种毫无目的的不眠之夜将是我的永存。于是，我真的醒了：颤抖不已。

# 荷马作品的译文

　　没有任何问题会像一次翻译提出的问题那样同文字和它小小的神秘性具有特定的关系。自负引起的遗漏，害怕说出我们猜想它们危险地相同的思索过程，完整和主要地维持无可保留的阴暗面的努力，是原作的特点。相反，翻译好像是命中注定要挑起审美讨论的。提出模仿它的模式是可读的文章，不是过去方案或服从于即时权宜的无价值的迷宫。罗素把外部物体定义为循环的、辐射的、有可能产生印象的系统；对一篇文章同样也可以这样说，因为语言具有不可估量的反响。一份局部的和珍贵的资料产生变化就源自它的翻译。从查普曼到马尼尔的许多《伊利亚特》的译文，难道不就是对一个运动着的事实的种种观点吗？难道不就是省略和强调的漫长探索实验吗？（没有改变语言的实质需要，因为这种注意力的蓄意游戏在同一种文学中是不可能的。）认为成分的重新组合必定不如原物的看法，就是认为第九稿草稿必定不如第 H 稿草稿——因为只有草稿而已。最终定稿的概念无非是属于宗教或疲倦的范畴。

认为翻译次于原文的迷信——是人所共知的一句意大利箴言造成的——源自漫不经心的经验，没有任何一篇好文章似乎是不可变动的和是最终定稿的，如果我们以足够的次数来润色它的话。休谟把对因果的习惯看法等同于延续。于是，一部好电影，在第二次看的时候，会认为它更好；我们倾向于因为需要而做着不过是重复的事情。就有名的书籍而言，第一次就是第二次，因为我们是知道它们才阅读的。重读经典著作这句通常谨慎的话源自天真的真诚。不久前，在拉曼查的一个村庄，村名我不想提了，住着一位绅士，他和这类绅士一样，矛架上插着一根长矛，一面古老的盾牌、一匹瘦马和一只猎犬。我已经不知道上述语句对一位不偏不倚的神明是坏是好；我只知道所有的修改都是亵渎神明的，除此之外，我不可能认为《堂吉诃德》还会有其他的开头。我认为塞万提斯脱离了这个微小的迷信，否则的话，他是不会这样开头的。由于我的母语是西班牙语，所以《堂吉诃德》是个尽善尽美的里程碑，除了出版者、装订工和排字工造成的不足之外，它是完美的。正是由于我不懂希腊文，《奥德赛》是叙述文和诗句的国际书展，包括了从查普曼的比较到安德鲁·朗格的钦定本或者是贝朗尔的法国古典戏剧或者是莫里斯的充满生机的系列或者是巴特勒的资产阶级讽刺小说。我大量引用了英国作家的名字，因为英国文学一直以这部海上史诗作为模仿的蓝本，《奥德赛》的各种译文足以说明几个世纪以来的情况。这份不统一的甚至是矛盾的财富主要不是由于英文的进化或仅仅是由于原文的长度、译者的离题或者译者能力不同，而是由于荷马作品的特点所致：难在理清哪些是属于诗人的，哪些是属于语言的。正是由于这个不大不小的困难才引出了这么多的译文。它们均是真挚的、天才的和有分歧的译文。

　　除了荷马的形容词外，我不知道是否还有更好的例子了。神圣的帕特罗克洛斯[1]、供养人的土地、葡萄酒色的大

---

1　古希腊神话中特洛伊武士，为赫克托耳所杀，阿喀琉斯为他报仇。

海、奇蹄的马匹、湿润的海浪、黑色的船只、黑色的血液、亲爱的膝盖，均是些出其不意的词语。有一处地方讲到富有的人喝着爱塞坡河里的黑水；在另一处讲到一位悲剧性的国王，他是富饶的底比斯王国的不幸者，受众神不可抗拒的决定统治着底比斯人。亚历山大·蒲柏（后面再讨论他杰出的荷马译文）认为这些不可替换的形容词具有礼仪的性质。雷米·德·古尔蒙在论辩性的长篇文章中写道，在某个时候，这些词语应该是很赏心悦目的，即使它们现在已经不具有这个特点了。我则倾向于推测这些可信的词语是现在的一些前置的词语：在使用过程中加在某些词之前的必要的适宜的音韵，对它们而言并无独创性。我们知道正式的组合应是 andar a pie[1]，而不是 andar por pie。荷马知道正确的用法是用"神"来形容帕特罗克洛斯。这里毫无修辞的目的。我并不热情地提出这样的结论；唯一正确的是不可能把属于作者的东西从隶属于语言的东西中分离出来。当我们读到奥古斯丁·莫雷托[2]的下列诗句时（若我们下决心阅读他的作品）：

1　西班牙语，步行。
2　Agustín Moreto（1618—1669），西班牙作家。

在如此整洁的家里

你们整天都干些什么？

我们知道这里所说的 santo día[1] 是西班牙语中固有的，而不是作者的。就荷马而言，我们完全不知道他要强调的是什么。

对抒情诗或哀歌的诗人而言，我们对他们目的的不确定是灾难性的，而对一位言词确切的长篇大论的作家来说，情况就不是这样了。《伊利亚特》和《奥德赛》中的事实尚完整地存在着，但是阿喀琉斯和尤利西斯，荷马提及他们所代替的东西以及对他们的真实想法已经消失了。荷马作品目前的状况有点像一个在未知单位之间记录确切关系的复杂方程式。对译者来说，没有更丰富的可能了。勃朗宁最著名的作品中，根据牵涉进去的人的视角，仅仅对一桩罪行就提出十种不同的叙述。所有的矛盾均来自语言而不是来自事实，就像是对荷马的十种正确的译文一样有力和有分歧。

对纽曼和阿诺德之间有趣的争论（一八六一至一八六二

---

1 西班牙语，整天，其中 santo 一词亦有"神"的意义。

年）来说，比两位争论者更重要的是广泛讨论了翻译的两种基本方法。纽曼坚持直译，要保留语言的所有特色；阿诺德则坚持去掉分散的或滞呆的细节，把荷马每行诗中单纯的特色归属到实质的或约定俗成的荷马身上去，句法的质朴、思想的朴实、流畅，具有更高的价值。这种做法可以提供统一和突出重点的好处；纽曼的做法，则提供连续的和小小的惊喜。

下面我来讨论荷马作品中一个片断的不同命运。我讨论的是，永恒的夜晚中在辛梅里安人的城池中，尤利西斯对阿喀琉斯提出的事实（《奥德赛》，第十一卷）。涉及到的是阿喀琉斯的儿子内奥佩托尔莫。巴克利的直译是这样的：但是当我们抢劫高山之城普里阿英叫，他得到了战利品和丰厚的奖赏，安全无恙地上了船，他没有受到铜制利器的伤害，也未在短兵相接中受伤，而受伤是在战争中很普遍的，因为战神马尔斯胡乱发昏了。布奇和安德鲁·朗格的译文也是直译的，且带古风味：但在陡峭的山上之城普里阿莫被抢劫后，他带着属于他的战利品和高尚的奖品，毫无损伤地上了船；他没有遭到锋利长矛的袭击也未在短兵相接中受伤：受伤是在战争中常见的，因为战神马尔斯疯糊涂了。古柏[1]在一七九一年的译文：最后，在我们洗劫了高山之间的普里阿莫城之后，带着丰厚的战利品安全无恙地上了船，既未有长矛或投枪的刺伤，也没有战争中常见的近身战斗中的伤害，在战争中，因战神马尔斯的意愿，各类伤口比比皆是。一七二五年蒲柏的译文：当神使武器取得征服的胜利，当特洛伊高傲的城墙倒在地上冒烟的时候，希腊为补偿他那些疲惫的士兵，就准许他们大肆抢劫。这样他满载荣誉从战火中回来了，没有仇敌留下的任何伤痕，虽然他的周围长矛飞舞，但是徒劳飞舞的长矛没有一支能刺中他。查普曼一六一四年的译文：高山之城特洛伊人去城空，他带着众多的战俘和丰厚的珍宝上了他那艘华丽的船只，信心十足，身上丝毫没有远方投来的长矛或近战中刀剑留下的痕迹，长矛造成的伤口是战争带来的，而他却没有伤口。在近战中，战神马尔斯是不会克制的：他会发疯。巴特勒一九〇〇年的译文：一俟城市被占，他就能收取属于他的战利品并把它们运上船，战利品数额巨

---

1　William Cowper（1731—1800），英国诗人。

大。在此番危险的战斗中，他全身一处未伤。他明白：全在于运气的好坏。

最前面的两个译文——全是直译——因一系列不同的原因而感动人：崇敬地提到抢劫，天真地说明在战争中人都是要受伤的，把战争中各种无序的冲突意外归结为一个神，即战神的发疯。另外还有一些次要的补充也起了作用：在我抄录的译文中有一个同义重叠上了船[1]；另一个，把联系词作为因果词，像因为这类冒险在战争中是很多的。[2]第三个译

---

1 西语中 embarcarse 意为"上船"，barco 意为"船"，译文说 embancarse en un barco，故说是同义重叠。

2 荷马的另一个习惯是巧妙地滥用转折连接词。我举几个例子：

　　死亡难免，但是我将在宙斯和其他不朽的神道悠闲自在的地方得到我的归宿（《伊利亚特》，第二十二卷）。

　　阿克多尔的女儿阿斯蒂奥克升腾到她父亲居所的上部时只是个低微的少女，但是神悄悄地把她抱在怀里（《伊利亚特》，第二卷）。

　　（那些矮小的人）像是内心强壮的食肉的狼，在山上打翻一头长着树枝般的长角的大鹿，把它撕碎后吞食；但是他们大家的嘴上都染上了血（《伊利亚特》，第十六卷）。

　　皮拉斯吉的宙斯王，你高高在上，君临着严冬似的多多纳；但是你周围的大臣们脚也不洗，睡在地上（《伊利亚特》，第十六卷）。

　　女人啊，在我们的爱情中欢乐吧，来年这个时候，你将生下光荣的儿子——因为不朽者干的事情不会徒劳无功——但是你得照看他们。现在你回家去吧，不要声张，但我是令世界震惊的波塞冬（《奥德赛》，第十一卷）。

（转下页）

文——古柏的译文——是所有译文中最公允的：只要音韵许可，它就直译。蒲柏的译文是出色的，方言的巧妙使用（像贡戈拉一样）是在最高级词使用上的不规范和机械性。例如：把英雄唯一的一只黑色的船说成是个船队。总是有这种一般性的扩大，所以他的词句分成两类：一类是纯粹的雄辩——当神使武器取得征服的胜利——，一类是视觉性的，当特洛伊高傲的城墙倒在地上冒烟的时候。雄辩和场面：这就是蒲柏的译文。激情的查普曼的译文也是壮观的，但是他的行文是抒情的，不是雄辩的。相反，巴特勒的译文表明他决心回避一切视觉的因素，他决定把荷马的作品变成一系列平

---

（接上页）

　　然后我看到了赫拉克勒斯力量的幻象；但是，他在不朽的神中间观察，身边拥着赫柏，强大的宙斯和赫拉的女儿，美丽的脚踝，跟着金子的凉鞋（《奥德赛》，第五卷）。

《奥德赛》有乔治·查普曼的英译本，我把他最后一节的华丽译文转录如下：这些人中间

　　赫拉克勒斯力量的幻象分外突出，

　　但是他坚实的本人并处于这种状况。

　　他在不朽者中间欢宴，

　　脚踝美丽的赫柏和他凤凰于飞，

　　举行了天国的婚礼。朱庇特和朱诺的爱女，

　　赫柏，穿着金子的凉鞋风姿如玉。　　　　　　　——原注（王永年译）

静的消息。

　　这么多译文中，哪一个最忠实于原文呢？阅读此文的读者可能想知道。我重申，没有一个译文最忠实于原文或者所有译文都忠实于原文。如果忠实是指忠实于荷马的想象，忠实于他所代表的人和时代，我们认为没有一个译文可以做到这一条；对一位十世纪的希腊人来说，它们全都忠实于原文。如果是指忠实于荷马的目的，那么我抄录下来的任何一个译文，除了直译的以外，都是忠实原文的，因为它们逾越了古今习惯的差距。巴特勒不动声色的译文最忠实不是不可能的。

一九三二年

# 阿喀琉斯和乌龟,永恒的赛跑

　　珍品这个词自相矛盾的内涵——贵重而轻巧,脆弱而不易碎,便于转让,清新而又不排斥异质,乃是经久不败的花朵——完全可以在这里借用它。我不知道还有其他比它更好的词来定义阿喀琉斯的悖论。两千三百多年以来,它面对各种诋毁而岿然不动,我们完全可以为它的不朽而高声欢呼了。对这种持久体现出来的神秘作不间断的探索,它对人类机敏无知发出的挑战,是我们不能不感谢的慷慨。我们再一次提及它,哪怕只是为了对它的迷惑和最本质的秘密表示折服。我想用几句话——共有的几分钟——把它介绍一下并简述那些反驳它的最有名的论断。众所周知,提出这个论点的是伊利亚的芝诺,他是巴门尼德的学生,他否定在宇宙内有发生什么的可能。

图书馆为我提供了关于这个悖论的两个文本。第一个是纯而又纯的《西班牙美洲词典》第二十三版上的。它把此悖论谨慎地简缩为一条消息：运动是不存在的，阿喀琉斯不可能追上迟缓的乌龟。我反对这种审慎的说法，我寻到 G.H. 刘易斯[1]不那么窘迫的表态，他的《哲学的历史传说》是我边阅读边思考的第一本书，我不知是由于自负还是由于好奇，就以这种态度记下了他的表述：象征快速的阿喀琉斯必定能追上象征迟缓的乌龟。阿喀琉斯跑得比乌龟快十倍，并让乌龟先跑十米。阿喀琉斯跑完这十米时，乌龟又向前跑了一米，阿喀琉斯再跑完这一米，乌龟又向前跑了十厘米；阿喀琉斯跑完这十厘米，乌龟又向前跑了一毫米；阿喀琉斯跑完这一毫米，乌龟又向前跑了十分之一毫米，这样永无尽头，所以，虽然阿喀琉斯一直跑下去，却永远不可能追上乌龟。这就是那个不朽的悖论。

现在我来介绍那些反驳它的看法。久远年代的那些看

1　G.H. Lewes（1817—1878），英国哲学家、批评家。

法——亚里士多德和霍布斯——包含在斯图亚特·密尔提出的看法中。他们认为，这个问题不过是混淆不清的谎言之一，并认为可以通过这样的界定来推翻它.

在诡辩的结论中，永远是指任何一个可以想象到的时间时段，在其前提中，则指可分割时间的任意个数。这就是说我们可以把十个单位分成十份，其中的一份可以再分成十份，只要我们愿意，就可以一直分割下去，跑的路程可以无穷无尽地一直分割下去，因此用于跑的时间也可以一直分割下去。但是分割的无限可以用有限的东西来实施。这个理由仅证实了在五分钟内的无限而不是别的无限，只要五分钟没有过去，剩下的时间就可以用十分割，我们想分割多少次就可以分割多少次，这同在总的时间是五分钟的情况下是可以共存的。概括地说，它证实跑完这段有限路程需要一个可以无限分割的时间，但不是一个无限的时间（密尔：《逻辑体系》，第五卷第七章）。

我不能预知读者的看法，但是我认为斯图亚特·密尔所设计的反驳不过是表达了原悖论而已。只要确定阿喀琉斯每秒钟跑一米，就可以知道他所需要的时间了。

$$10 + 1 + \frac{1}{10} + \frac{1}{100} + \frac{1}{1\,000} + \frac{1}{10\,000} \cdots\cdots$$

这个无限的等比级数之和的界限是十二（更确切的是 $11\frac{1}{5}$；更精确的是 $11\frac{3}{25}$），但是永远也不能穷尽。这就是说，阿喀琉斯的路程将是无限的，他将永远跑下去，但是他的奔跑终将在十二米之前变弱，他的永远奔跑不会超过十二秒。这个有条理的解释方法，这种向越来越小的前方无限制的奔跑，实际上同悖论是不矛盾的：是要好好地想象它的。我们也不要忘记证实奔跑者减弱速度不仅是由于目标的视觉缩小，还由于他必须跑过的微小位置急剧缩小的原因。我们还得证实，在对不动和减缓速度双重追求的失望中，这些持续的微小位置侵蚀着空间和以更紧张的活动侵蚀动态的时间。

另一个反驳愿望是由亨利·柏格森于一九一〇年在他有名的《时间与自由意志》中提出来的，书名就要求有原则。他是这样说的：

一方面我们把跑过的空间的可分割性用于运动，却忘记了可以分割物体而不能分割行为；另一方面我们习惯于把这个行为本身置放到空间中去，习惯于把它看作是运动者跑过的一条线，一句话，就是习惯于把它固定下来。我们认为，从混淆运动和跑过的空间中产生了伊利亚学派的诡辩；因为分开两个点的间隔是可以无限分割的，如果运动是由像间隔之类的东西组成的，那么间隔是永远不能逾越的。但事实是，阿喀琉斯跑出的每一步都是一个不可分割的简单行为，在这个行为实施到一定次数后，阿喀琉斯就会超越乌龟。伊利亚学派的错觉就来自把一系列个人的特殊行为等同于支持上述行为的均匀空间。由于这个空间可以根据任何规律进行分割和再组合，他们就认为有充分理由来重新组织阿喀琉斯的全部运动，不是用阿喀琉斯的步子，而是用乌龟的步子。实际上是把阿喀琉斯追赶乌龟这件事用两只乌龟来代替，按序把一只乌龟置于另一只乌龟之上，它们依次用同样的步子或同样的动作，使得它们永远也不能相互追上。为什么阿喀琉斯能追上乌龟？因为阿喀琉斯的每一步和乌龟的每一步都是同运动一样不可分割的，但它们的步幅在空间是不同的：所以不用多久就会追上的，阿喀琉斯跑过的空间就像是比乌龟跑过的空间和先跑的优势更长的长度。这是芝诺在重组阿喀琉斯的运动时没有考虑到的。对乌龟的运动也是同样对待的，他忘记了只有空间可以任意组合和再组合，他把空间和运动混淆了。(《时间与自由意志》，西班牙文版，第八十九、九十页，巴尔纳斯译。我顺便纠正了译者粗心产生的几个明显的错误。)该说法是有回旋余地的。柏格森认为空间是可以无限分割的，但他否认时间也可以这样分。为了分散读者的视线，他提出两只乌龟，而不是一只乌龟。他把原来不相干的时间和空间扯在一起：詹姆斯不连续的突发时间；以他完美热烈的新颖和普遍认为可以无限分割下去的空间。

最后，我谈一下我认为唯一具有独创性的反驳，这种独创性正是智力的美学所要求的美德。这是罗素提出来的。我是在威廉·詹姆斯那本最有名的著作——《哲学中的一些问题》——中看到的，它提出的全部观念可以研究罗素以后的作品——《数理哲学导论》(一九一九年)，《我们关于外间世界的知识》(一九二六年)——不同凡响，但不令人满意的和深邃的作品。罗素认为，计数的运算是(本质上)两个级数的比较。例如：如果埃及所有家庭中的长子，除了居住家门上有一个红十字的以外，全部被天使杀死，很明显，有多少个红十字就有多少个长子免遭杀害，并没有必要数出有多少个人来。这里的数字是不确定的；还有其他一些运算，它们的数字也是无限的。数字的自然级数是无限的，但是我们可以证实有多少个奇数就有多少个偶数：

1 相对 2

3 相对 4

5 相对 6，等等

证实它是件轻而易举的事，但它同下面的证实没有区别，即有多少数字就有多少 3 018 的倍数：

1 倍是 3 018

2 倍是 6 036

3 倍是 9 054

4 倍是 12 072，等等

同样也可以证实它的乘方也是这样的，虽然随着运算的进行，它的数字越来越大。

3 018 的 1 次方为 3 018

3 018 的 2 次方为 3 018$^2$, 即 9 108 324

3 018 的 3 次方, 等等


正确地承认上述事实启发出一个公式, 无限集合——例如: 自然数系列——是其成员可展开成无限部分的集合。在这种计数的高位上, 部分不会大于整体: 宇宙中点的精确数字等于宇宙中一米内点的数字, 或一厘米内点的数字, 或距最遥远的星球之距离内的点数。这个聪明的答案可以解决阿喀琉斯的问题。乌龟占用的每个地方同阿喀琉斯占用的地方是成比例的, 二者之间点点相符的对称, 足以证明它们是一致的。开始时给予乌龟的定量优势已经绝无残留: 乌龟路程的终点、阿喀琉斯的终点和赛跑中时间的终点, 在数字上是同一个。这就是罗素的解决方法。詹姆斯不拒绝对手的技术优势, 但他持有不同的看法。罗素的证明方法 (他写道) 回避了最大的困难, 即是关系到无限是不断增长的范畴, 而不是稳定的范畴, 这是在他认为路程已跑完、认为问题是平衡路程之事的时候, 唯一考虑到的。另一方面, 没有说明是两个问题：一是各个奔跑者的情况，一是纯粹的真空时段，这就出现了困难，它在于有一个先期间隔不断重复出现和阻挡路程时要追上目标的困难（《哲学中的一些问题》，一九一一年，第一百八十一页）。

不是我们的多疑，我的介绍已到了尾声。正如詹姆斯指出的，伊利亚的芝诺的悖论，不仅违反空间的现实，而且也违反了不受影响的和敏感的时间。我补充一点，具体物体的存在，不变化的稳定，生命中一个下午的流动，都会因生命的偶然性而惊讶。这种分解仅是通过无限这个词，这个令人忧虑的词（然后是概念）是我们胆大妄为地创造的，一旦把它变为思想，就会爆发和杀死思想。（另有一些反对讨论这个如此多变的词的古老教训：有中国梁代君王权杖的传说，每位新君王可得到权杖的一半；这样权杖就少一半；虽然权杖因君王更迭而缩短，但它始终存在着[1]。）在我介绍的种种极有价值的论点之后，我的意见似乎冒着不适当和平庸的危险。

---

1　博尔赫斯说的"中国梁代君王权杖"未见中国正史。《庄子·天下篇》"一尺之棰，日取其半，万世不竭"，司马彪注："棰，杖也。"博尔赫斯可能把它同秦始皇万世基业（二世、三世……）的设想糅合起来，并加以发挥。

但我还是提出来：芝诺是不可回答的，除非我们相信空间和时间的完美性。让我们接受理想主义，接受感觉到的会具体成长，让我们回避悖论的相对面的集合。

我的读者可能会问：希腊的这一块阴暗面会涉及到我们的宇宙观吗？

# 关于惠特曼的一条注解

舞文弄墨会促使人产生一种雄心壮志：写一本独一无二的书，写一本柏拉图式的包罗万象的书中之书，这是岁月也不会使其功德减少的一件东西。抱有此类雄心壮志的人，都选择了高尚的题材：罗得岛的阿波罗尼奥斯，选中了一只穿越海上危险的船[1]；卢卡努斯，在鹰与鹰之战中选择了恺撒和庞培之间的战争；卡蒙斯[2]则是在东方的葡萄牙战火；多恩，根据毕达哥拉斯派理论，选择了灵魂的轮回之圈；弥尔顿，则是原罪和天堂；菲尔多西[3]，选择了波斯王朝的交替更迭。我认为，贡戈拉是第一个提出一部重要作品可以不采用重要题材的人；根据卡斯卡莱斯和格拉西安指出的和非难的，《孤独》所涉及的泛泛故事是故意写的琐碎事（《哲学书简》，第八卷；《批评家》，第二章第四节）。马拉美不满足于日常的题材，他找一些否定的题材：缺少鲜花和女人，一张纸在写上诗句之前的白色。像佩特一样，他感到所有的艺术都倾向于像音乐，形式就是背景的艺术；它庄重的职业信念"世界的目的就是一本书"似乎概括了荷马的说法，即众神编织了不幸，以便后代不乏可歌颂的东西（《奥德赛》，第八卷，结局）。叶芝大约在一九〇〇年在操作象征中寻找绝对，这些象征惊醒了普遍的记忆或是在个人头脑中跳动着的普遍的记忆；可以把这些记忆同容格后来的典型相比较。巴比塞[4] 在他那本被无情遗忘的《炮火》避免了（他企图避免）时间的局限，采用对人的基本行为的诗意叙述；乔伊斯在《芬尼根守灵夜》中，采用了对不同时代特征的同时表达，为了创造永恒的外表，故意操弄反潮流的东西，这也是庞德和 T.S. 艾略特所采

---

1 指古希腊诗人阿波罗尼奥斯（创作时期约在公元前 222—前 181）的史诗《阿耳戈号英雄记》。

2 Camoens（1524—1580），葡萄牙作家，著有《卢济塔尼亚人之歌》。

3 Ferdowsi（940—约 1020），波斯伟大的诗人，著有取材于波斯编年史的史诗《王书》。

4 Henri Barbusse（1873—1935），法国小说家，参加过第一次世界大战。

用的。

　　我回顾了一些手法；但是任何一个也比不上惠特曼在一八五五年采用之手法的奇异。在谈论它之前，我想先谈一些在我要说的话之前的一些议论。第一种是英国诗人拉塞尔斯·阿伯克龙比[1]，他说："惠特曼从他高尚的经验中提取了生动的和高兴的形象：他本人的形象，这是现代文学少有的大事之一。"第二种是埃德蒙·戈斯[2]爵士的："没有一个真实的惠特曼……惠特曼是处于原生质状态的文学：一种简朴的智力机体，仅限于反映一切靠近他的东西。"第三种是我的[3]："几乎涉及惠特曼的所有文章，由于两个没完没了的错误，都是虚假的。一个错误是简单地把作为文人的惠特曼同作为《草叶集》半神化英雄的惠特曼等同起来，这位英雄就像是《堂吉诃德》中的吉诃德；另一个错误是不明智地同意他诗中的风格和词汇，也就是说，想要解释的同一个令人惊叹的现象。"

---

1　Lascelles Abercrombie（1881—1938），英国诗人、批评家。
2　Edmund Gosse（1845—1928），英国作家、评论家、翻译家。
3　参见本书《另一个惠特曼》一文。——原注我们想象一下尤利西斯（以阿伽门农、拉厄耳忒斯、波吕斐摩斯、卡吕普索、佩涅洛佩、特雷马科、猪倌、埃斯西拉和卡利佩迪斯[1]为依据的）的一份传记说他从未离开过伊萨卡[2]；这部传记，还好它是虚构的，它将给我们的失望，同所有惠特曼传记给我们的失望是一样的。从他诗句中的天堂世界到他生活乏味的记录是一种伤感的过渡。当传记作者想掩盖有两个惠特曼时，这种伤感就不可思议地增加了；一个是《草叶集》中"友善和雄辩的野蛮人"和一个创造了这些诗句的可怜的诗人[3]。这位诗人从未去过加利福尼亚或普拉特河口；那位野蛮人在普拉特河口发出呼叫（《构成这个场面的精神》）并在加利福尼亚当矿工（《从巴玛诺科出发》），这位诗人一八五九年在纽约；那位野蛮人同年的十二月二日在弗吉尼亚观看处决废奴主义者约翰·布朗（《流星之年》）。这位诗人出生在长岛；那位野蛮人也出生在长岛（《从巴玛诺科出

---

1 均为《荷马史诗》中的人物。
2 奥德修斯的故乡。
3 亨利·塞德尔·卡巴（《沃尔特·惠特曼》，一九四三年）和马克·范·杜雷恩在维京出版社的集子中（一九四五年）都很了解这个区别。据我所知，除此已没有其他人了。——原注

发》），同样也在南方的一个州（《归心似箭》）。这位诗人纯洁、保守，尤其是沉默寡言；那一位野蛮人则是热情和放纵的，把这些不同点放在一起是容易的；更重要的是应该明白：《草叶集》诗句中出现的那位可怜的幸运的流浪汉是没有能力写出这些诗句来的。

拜伦和波德莱尔在他们光辉的著作中，戏剧化了他们的不幸；惠特曼则戏剧化了他的幸福。（三十年之后，在西尔玛利亚[1]，尼采发现了查拉图斯特拉；这位教育家是幸福的，或者，无论如何，他是推崇幸福的，但其缺点是，幸福并不存在。）其他一些浪漫主义英雄——该系列中瓦提克[2]是第一位，埃德蒙·泰斯特[3]不是最后一位——他们过细地加剧了他们的不同；惠特曼，以极其强烈的自卑谦逊，希望同所有的人都相同。《草叶集》指出："这是一个伟大的集体个人的歌，人民的、男人的和女人的歌。"（《全集》，第五卷第一百九十二页）或者，是不朽的（《自我之歌》，第十七首）：

---

1 瑞士一风景区。
2 英国小说家贝克福德（William Beckford，1760—1844）同名小说中的人物。
3 法国诗人瓦莱里（Paul Valéry，1871—1945）散文中的人物。

这些思想并非我个人独出心裁，

它们实际上为一切人所共有，不分国家和时代。

要不为你我所共有，那它们就要淘汰，或者近乎淘汰；

如果它们不是谜与谜底，那它们就得淘汰；

倘若不是既近又远，那它们必定淘汰。


它们像草，哪儿有土有水，就会长起来，

它们是大家共有的空气，把我们的星球覆盖。


泛神论传布了一种说法，它声称上帝就是不同对立的东西之集合或者（更明确点）混合物。它的典型句子是："典礼是我、祭品是我、祭的黄油是我、火是我。"（《薄伽梵歌》[1]，第九章第七颂）此前，不过有点模棱两可的是赫拉克利特语录第六十七段："上帝是白天和夜晚、冬天和夏天、战争与和平、饱食和饥饿。"普罗提诺向他的学生描写了一个不可思议的天，在天上"一切都无所不在，任何东西是一切东西，

---

1  印度教经典《摩诃婆罗多》的一部分，以对话形式阐明印度教教义。

太阳是所有的星星，每颗星星是所有的星星和太阳"(《九章集》，第五卷第八章第四节)。阿塔尔[1]，这位十二世纪的波斯人，歌颂鸟儿们历尽艰辛找寻它们的国王西摩格；许多鸟儿死在大海上，幸存的鸟儿却发现它们就是西摩格，西摩格是它们中的每一个和全部。同一性原则延伸的修辞可能性好像是无穷无尽的。爱默生，这位印度教教义和阿塔尔的读者写下了一首诗《婆罗门》，组成这首诗的十六行中，最难忘的可能是这一行：如果我在飞，我就是翅膀。与此相似，但更加切中本质的是斯蒂芬·格奥尔格[2]的"我是一个，也是我们两个"(《联邦之星》)，惠特曼革新了这种手法。他没有像其他人那样用来定义神明或者用来卖弄词汇的"同感和不同"；他要用充分的温柔使自己等同于所有人。他说(《横渡布鲁克林河的渡口》，第十七首)：

我曾顽固、自负、贪婪、肤浅、狡猾、

---

1　Ferid Eddin Attar (1145—1229)，波斯诗人。《鸟儿大会》(一译《百鸟朝风》)是他最有名的叙事诗。
2　Stefan George (1868—1933)，德国诗人。

胆怯、居心不良；

在我身上不乏豺狼、毒蛇和蠢猪……


他也说（《自我之歌》，第三十三首）：


我是人。我曾受磨难。我在那里。

殉难者的轻蔑和镇定；

被巫婆判决的母亲，在子女面前被用干柴烧焦；

被关起来的奴隶犹豫不决，倚在围墙上，

喘息，

浑身是汗；

穿透双腿和脖子的洞眼，残酷的弹药

和子弹；

所有这些我都感到，我就是他。


他感受到了这一切，这一切是惠特曼，但基本上——不是在真实的历史中，而是在虚构的历史中——他是这两行诗中的含义（《自我之歌》，第二十四首）：

沃尔特·惠特曼，一个宇宙，曼哈顿的儿子，

骚动的、肉感的、感官的、吃、喝和繁殖。


他也是在将来，在我们未来的怀念中，由这些诗句的预言所勾画出来的那个人（《现在，生活充实》）：


今天，充满生机，实在，可见到，

我，四十岁，美国的八十三年，

寻找你，在一个世纪内或许多世纪内，

你还未出生，我寻找你，寻找你。

你在阅读我。现在我是看不见的人，

现在是你，实在，可见到，你是那个

读诗和

寻找我的人，

心里想着，如果我能成为你的同伴该有多幸福。

你就像我在你身边那样幸福吧。（别过于确信我不和你在一起。）

或者是（《离别之歌》，第四首第五节）：


同志们！这不是一本书；

遇上我，就是遇上一个人。

（是晚上？我们单独在这里？……）

我爱你，我去除这个外壳。

我有点像是无形的、胜利的、死亡的。[1]


作为现实中的一员，惠特曼是《布鲁克林之鹰》的主编，他在爱默生、黑格尔和沃尔内的著作中读到了他的基本思想；作为诗人，在同美国的接触中，受到新奥尔良房间里和乔治亚战场上想象经验的启蒙，惠特曼推断出了他的基本思想。一件假的事情可以成为一件基本上是真实的事情。著

---

1 这些呼叫的机制是错综复杂的。诗人为预见到我们的感动而感动，我们则为此而感动。参阅弗莱克的这几行，这是写给这位在千年之后阅读这几行诗的诗人的：
　　或者将来的、不知名的、未谋面的朋友，
　　讲我们纯正英语的学生
　　在晚上、在有空时，阅读我的诗句：
　　我是诗人，我是年轻人。　　　　　　　——原注

名的有，英王亨利一世在他的儿子去世后从未笑过；这件事可能是假的，但是作为国王伤心绝望的象征，它可以是真的。据说在一九一四年德国人曾经折磨和肢解了几个比利时人质；这件事毫无疑问是假的，但是它有力地概括了侵略行径数不清的和难以辨清的恐怖。更可以原谅的是有人把学说归咎于活生生的经验而不是归咎于某个图书馆或某个梗概的情况。一八七四年，尼采嘲笑了毕达哥拉斯派把历史看成是往复循环的理论（《历史对生命的利与弊》，第二章）；一八八一年，在西尔瓦普拉纳森林的小道上，他突然形成了这个理论（《瞧！这个人》，第九章），粗制滥造、卑劣如侦探，这就是他说的剽窃；尼采在回答时反驳说，重要的是思想作用在我们身上的变化，而不仅仅是论证思想这件事[1]。一件事是抽象地提出神明单位；另一件事是从沙漠中驱赶某些阿拉伯的牧民和把他们卷入一场尚未结束的战斗，其界限为阿基坦和恒

---

1　理性和信念之间的差距甚大，以至对任何哲学学说的重大异议，常常在提出它的作品中就已经先存在。柏拉图在他的《巴门尼德篇》中就埋下了亚里士多德后来反对他的第三人论据；贝克莱（《对话》，第三篇），休谟的反驳。——原注

河。惠特曼企图展示一种民主的理想，而不是提出理论。

自从贺拉斯用柏拉图或毕达哥拉斯派的形象预言他完美的变形之后，诗人的不朽是文学中的经典题目。不时使用它的人，把它变成了自我炫耀的工具（不是大理石像、不是镀金的大纪念碑），如果不是行贿和报复。惠特曼从他自己的创作中产生出同以后每一位读者之间的一种个人关系。他与之融合，并同另一个人、同惠特曼对话（《向月亮致敬》，第三首）：

沃尔特·惠特曼，你听到了什么？

不朽的惠特曼，老朋友一样的十九世纪的美国诗人，还有他的神话，还有我们每个人还有幸福，就是这样展现的。任务是巨大的和几乎是人间难觅的，但是成就并不小。

# 乌龟的变形

有教唆者和害人者这样一个概念。我不是指大写的"坏"，因为它有限的含义隶属于道德；我是指无限。有一次我曾渴望收集它的历史成因。人口众多的伊兹拉[1]（成为几何级数的先期形式或标志的沼泽怪胎）给它的守卫一个恰到好处的恐怖；卡夫卡惊悸的噩梦把它推向顶峰，他笔下的主要篇章不是不了解那位遥远的德国红衣主教——库萨的尼古拉[2]——的推测，他认为圆周是无限个角组成的多边形，他写道，一条无限长的线可能是一条直线、可能是一个圆也可能是球面（《论有学识的无知》，第一章第十三节）。用五六年时间学学形而上学、神学、数学将会使我（也许）能认真地筹划这本书。生命不让我有这个希望，更不用说"认真地"这个副词了，这是无须多说的。

这些文字在某种程度上是从属于想象中的《关于无限的历史》这本书的。其目的是谈谈芝诺第二个悖论的某些变形。

现在，我们来回顾一下这个悖论。

阿喀琉斯比乌龟的速度快十倍，并让乌龟先跑十米。阿喀琉斯跑完这十米，乌龟向前跑了一米；阿喀琉斯跑完这一米，乌龟向前跑了十厘米；阿喀琉斯跑完这十厘米，乌龟向前跑了一厘米；阿喀琉斯跑完这一厘米，乌龟向前跑了一毫米；飞毛腿阿喀琉斯跑完这一毫米，乌龟向前跑了十分之一毫米，就这样阿喀琉斯无限地跑下去，永远也赶不上乌龟……这是习惯的说法。威廉·卡佩勒（《前苏格拉底》，一九三五年，第一百七十八页）是直接从亚里士多德的原文译过来的："芝诺的第二个悖论人称阿喀琉斯悖论，他说跑得最慢的人不会被跑得最快的人追赶上，因为追赶的人必须跨越被追赶者刚空下的位置，所以跑得最慢的人总是处于追赶他的人之前的一个特定的距离。"诚然，问题没有变化；不过

---

1  希腊岛屿，位于爱琴海。
2  Nicholas of Cusa（1401—1464），德国神学家。

我倒是想知道把其称之为英雄和乌龟的那位诗人的名字。这两位神奇的选手和下列级数正是他的理由混淆之处：

$$10 + 1 + \frac{1}{10} + \frac{1}{100} + \frac{1}{1\,000} + \frac{1}{10\,000} \cdots$$

几乎没有人记得他前面的悖论——悖论的踪迹——虽然他的机制是一样的。运动是不可能的（芝诺说），因为运动体必须通过中项才能达到目标，在这个中项之前还有中项，另一个中项之前还有中项，之前还有中项……[1]

　　亚里士多德第一次向我们提及这些悖论并第一个反驳了它们。他的反驳简短得具有讽刺味道，但是他的反驳却激发了他反柏拉图理论的著名的第三人论据。这个理论想证明：两个具有相同属性的个体（例如两个人）只是一个永恒典型的暂时性外表。亚里士多德发问，众多的人和大写的人——即暂时性的人和永恒典型——是否具有相同的属性。很明显，是具有相同属性的，具有人类普遍的属性。亚里士多德认

---

1　一个世纪之后，中国诡辩家惠子说，一根木棍从中间折断，把另一半再从中间折断，每天这样折，永远也不会把木棍折完。（翟理思：《庄子》，一八八九年，第四百五十三页）——原注

为，在这种情况下，应该假设一个可以包容他们的另一个典型，然后再有第四个……帕特里西奥·德·阿斯卡拉特在翻译《形而上学》中的一个注解时，把下面的表述归于亚里士多德的学生："若同时肯定的许多属性是另一个个体，不同于被肯定的属性（这正是柏拉图派想要达到的），那么就必须有第三人。这个名称适用于别的人和思想。所以，第三人不同于个别的人和思想。同时还有第四人，他同第三人和个别的人和思想也不同；然后又有第五人，直至无限。"我们假设有 a 和 b 两个个体组成 c 类。则：

$$a+b=c$$

但根据亚里士多德，同样也有：

$$a+b+c=d$$
$$a+b+c+d=e$$
$$a+b+c+d+e=f\cdots\cdots$$

其实，不需有两个个体，只要有一个个体和一个类别就可以确定亚里士多德所揭示的第三人了。伊利亚的芝诺采用无限减退来反对运动和数字；他的反驳者则采用无限减退来反对一般方式。[1]

　　找杂乱无章的笔记中记下的芝诺的下一个变形是怀疑者阿格里帕[2]。他否认可以证实什么，因为任何证实都先需要另一项证实。（《虚假姿态》，第一卷第一百六十六页）第六感觉同样也认为定义是空洞的，因为需要定义所使用的每一个词，然后再对定义下定义（《虚假姿态》，第二卷第二十页）。一千六百年之后，拜伦在《唐璜》的题签中，引用了柯勒律治的一句诗：我希望他对他的解释作出解释。

---

1　柏拉图的《巴门尼德篇》无可否认地受到芝诺的影响，其中提出一个十分相似的论点，说明"一"实际就是"多"。如果有"一"，就兼有"存在"；因而包含了两部分，即"存在"和"一"，但是每一部分都是"一"，并且由于包含其他两部分，从而也包含了再其他的两部分，以此类推，直至无限。罗素（《数理哲学导论》，一九一九年，第一百三十八页）用算术级数替代了柏拉图的几何级数。他认为如果有"一"，就兼有"存在"；但"存在"和"一"有区别，便有了"二"；"存在"和"二"也有区别，便有了"三"，等等。庄子（阿瑟·韦利《古代中国的三种思想方式》，第二十五页）使用了同样的无穷无尽的 regressus（回返）来驳斥宣称"万物"（宇宙）皆"一"的一元论者。他指出：宇宙的统一和宣布这一统一首先是两件事；那两件事和宣布它们的二元性就成了三件事；那三件事和宣布它们的三元性就成了四……罗素认为"存在"一词的模糊足以使论据站不住脚。他还认为数字并不存在，只是逻辑虚构而已。——原注，（王永年译）
2　Agrippa（活动期在 1—2 世纪），希腊怀疑论哲学家，既怀疑感觉提供的证明，又怀疑理解的可能性。

至此，无限减退用于否定；圣托马斯·阿奎那利用它来证明上帝的存在（《神学大全》，第一部第二章第三节）。他认为，在宇宙里没有东西是没有有效的产生原因的，而这个原因当然是前面另一个原因的结果。世界是由原因连接成的一条无限的锁链，每个原因都是一个结果。每个状态都来自前一个状态并决定下一个状态，但是，总的系列可能不存在，因为组成它的项是有条件的，也就是说是不定的。但是世界存在着；在那些项里我们能推断一个没有节制的首要原因，它就是神性。这就是宇宙论的证实；亚里士多德和柏拉图已经提到过它；莱布尼茨重新发现了它。

　　赫尔曼·洛采[1]指出，regressus（回返）不能理解事物 A 的变化会使事物 B 产生变化。他的理由是，如果 A 和 B 都是独立的，假设 A 对 B 的影响就是假设第三个成分 C，那么 C 要使 B 产生变化必须要有第四个成分 D，而 D 没有 E 也不行，E 没有 F 也不行……为了避免争吵的增加，他提出的解决方案是在世界上只有一个物体：一个无限的和绝对的实体，

---

1　Hermann Lotze（1817—1881），德国宗教哲学家，著有《微观世界》等。

它可以和斯宾诺莎的上帝相比。[1]

相似，但令人惊愕的是 F.H. 布拉德利。这位善于思考的人（《现象和实在》，一八九七年，第十九至三十四页）不仅反对因果关系，他还拒绝所有的关系。他问道，某种关系是否同它们的项有关。他被告知是的并推断出这是接受另外两个关系的存在条件，然后还存在其他两个关系。在部分小于整体这个公理中，他没有觉察到两个项和小于这层关系；他觉察到了三个（部分，小于，整体），它们的联系意味着还有其他两个关系，这样直至无穷。在"胡安是要死的"这个判断中，他觉察到的是三个我们最终不能把它们联系起来的不会混淆的概念（第三个是联系动词）。他把所有的概念都变成了没有联系的物体，困难之极的物体。批驳它是不现实的。

洛采在原因和结果之间加入了芝诺的阶段性深渊；布拉德利在主语和谓语之间也这样做了，虽然不是在主语和表语之间；刘易斯·卡罗尔（《思想》，第二百七十八页）在三段

---

1　我根据詹姆斯的表述（《多元宇宙》，一九〇九年，第五十五至六十页）。文切尔的《费希纳和洛采》，一九二四年，第一百六十六至一百七十一页。
　　——原注

论法的第二个前提和结论之间也这样做了。讲述了一段无限的对话，对话者是阿喀琉斯和乌龟。在到达他们无休止奔跑的结束点时，两位奔跑者平静地谈论着几何学。研究这个清楚的推论：

a）两件东西都等于第三件东西，则这三件东西相同。

b）这个三角形的二条边等于 MN。

z）这个三角形的二条边相等。

乌龟接受 a 和 b 的前提，但是拒绝接受它们能够证实结论。这使阿喀琉斯加进一个假设的建议。

a）两件东西都等于第三件东西，则这二件东西都相等。

b）这个三角形的二条边等于 MN。

c）若 a 和 b 是对的，z 也是对的。

z）这个三角形的二条边相等。

经简单阐明之后，乌龟接受 a、b 和 c 是对的，但不接受

z 也是对的。阿喀琉斯怒气冲冲地说：

   d）若 a、b 和 c 是对的，z 也是对的。

  卡罗尔认为，希腊人的悖论包含着正在无限缩小的距离，而他提出的方案中，距离在扩大。

  最后一个例子，也许是最精彩的，但也是同芝诺的区别最小的。威廉·詹姆斯（《哲学中的一些问题》，一九一一，第一百八十二页）拒绝要用十四分钟，因为在这之前先要用去七分钟，七分钟之前，先要用去三分半钟，在三分半钟之前，先要用去 $1\frac{3}{4}$ 分钟，这样直到终点，通过时间微不足道的迷宫，直到看不见的终点。

  笛卡儿、霍布斯、莱布尼茨、密尔、勒努维埃[1]、格奥尔格·康托尔、贡珀茨、罗素和柏格森都对乌龟悖论提出过解释——不总是解释不清和没有价值的解释（我已经介绍过一些了）。读者看到运用这些解释的也很多。历史上的解释没有

---

1 Charles Renouvier（1815—1903），法国哲学家。

耗尽这个悖论：令人目眩的无限减退也许能运用于所有的题目。运用于美学：那行诗由于那个原因而感动了我们，那个原因又是由于另一个原因……用于认识问题：认识是识别，但是为了识别必须先认识，但认识是识别……如何研究这个辩证法？这是研究的正确方法还是一个坏习惯？

单词的协调序列（其他的不是哲学）可以非常像宇宙，这样想是冒险的。在这些杰出的协调序列中，某一个——甚至是无限小的——不是比其他序列更相像的，这样想也是冒险的。我研究了几个有某种可信程度的序列，我人胆地认为：只有在叔本华提出的序列中我看到了宇宙的某个特点。根据他的理论，世界是意志的表象。艺术——永远——永远需要可见的非现实。我只要举 个例子就叫以了：戏剧中人物隐喻的话语、押韵的话语或者是精心编造的巧合的话语……让我们承认一切唯心主义者所承认的东西：世界具有引起幻觉的特点。让我们来做一件任何唯心主义者都没有做过的事：我们来寻找证实这个特点的非现实。我认为，我们可以在康德的二律背反和芝诺的辩证法中找到它们。

"最大的巫师就是那位把自己的幻觉作为自主的表现形式

从而使自己着迷的巫师（诺瓦利斯的话值得铭记）。我们不正是这种情况吗？"我认为正是这样。我们（作用在我们身上的不可分的神）梦想世界。我们把世界梦想成在空间中是坚实的、神秘的、无处不在的和在时间中是不可改变的；但是我们承认它的结构上有细小的和永恒的没有道理的间隙，所以知道它是假的。

# 《布瓦尔和白居谢》的辩护

布瓦尔和白居谢的故事给人一种简陋的假象。两位抄写员（他们的年龄近五十岁，像阿隆索·吉哈诺一样）建立了深厚的友谊，一份遗产使他们不必再工作并迁到乡下去定居。在那里，他们尝试关于农业、园艺、罐头生产、解剖、考古、历史、记忆法、文学、招魂术、水疗法、体操、教育学、兽医、哲学和宗教方面的写作；二三十年之后，上述这些不同类的学科中的任何一科都给了他们当头一棒。失望之际（我们将会看到，"行动"不是在时间中而是在永恒中进行的），他们让木匠做了一张双向的桌子，又像以前一样，抄写起来。[1]

福楼拜用六年时间，即他一生中的最后六年，来构思和写作这本书，结果最后还未写完。极其推崇《包法利夫人》

的埃德蒙·戈斯认为这本书是愚蠢的行为，雷米·德·古尔蒙[2]则认为这本书是法国文学乃至世界文学的巨著。

埃米尔·法盖[3]（热舒诺夫曾有一次称他为"发灰的法盖"）一八九九年发表了一篇论文，其功劳在于包容了所有反对布瓦尔和白居谢的理由，这对评论这部作品倒是个方便的做法。据法盖说，福楼拜想写一部人类白痴的史诗，他多余地给小说安排了两个人物（受邦葛罗斯和老实人[4]，或许是受桑丘和吉诃德的影响），这两个人物并不互相补充，并不互相对立，这两个人物不过是文学的技巧而已。福楼拜创作或塑造出这两个傀儡来，并让他们阅读大量的书，目的是为了使他们搞不懂这些书。法盖指出了这种手法的幼稚和危险性。因为，福楼拜为了构思这两个白痴的反应，他自己看了一千五百种有关农业、教育学、医学、物理、形而上学等等

---

1　我认为从中觉察到一种对福楼拜本人命运的讥讽影射。——原注
2　Rémy de Gourmont（1858—1915），法国作家、评论家，《法兰西信使报》的创办者。
3　Émile Faguet（1874—1916），法国作家、批评家，一九〇一年当选法兰西学院院士。
4　均为伏尔泰哲理小说《老实人》中的人物。

方面的书，目的也是为了搞不懂它们。法盖评论说："如果一个人坚持从那种看了也不懂的观点出发来看书，那么在很短的时间内他就会做到什么都不懂，并由于他自己的原因而成为白痴。"事实上，福楼拜与书本的五年共同生活，使他变成了布瓦尔和白居谢或者（更确切地说）使布瓦尔和白居谢变成了福楼拜。开始时，那两个人物是白痴，是作者看不起和讥讽的人物，但是在第八章中却有这么几句著名的话："于是，他们的精神里出现了一种糟糕的才能，即能看到愚蠢的行径、但又不能容忍它的才能。"接着又说："无足轻重的事使他们感到悲哀：报纸上的通告，某位资产阶级分子的肖像，偶尔听到的某件蠢事。"在这一点上，福楼拜同布瓦尔和白居谢是一致的，上帝同他的创造物一致。这是在一切长篇作品，或者只要是有生命力的作品中都会有的现象（苏格拉底成了柏拉图，培尔·金特成了易卜生）。但是在这里，我们感到惊奇的是在一个时刻里做梦的人，采用一个类似的比喻来说，他竟发现他自己在做梦，而他的梦的形式就是他自己。

《布瓦尔和白居谢》的第一版是在一八八一年三月出版的。四月份，亨利·塞亚尔立即为它下了这个定义："像是变成了两个人的浮士德。"在七星文库版本上，迪梅尼称："在第一部分开始时浮士德独白中的头几个词正是《布瓦尔和白居谢》的全部计划。"浮士德的这些话是对他曾经徒劳无功地学过哲学、司法、医学感到可悲之极，呀，甚至还学过神学。此外，法盖已经说过："《布瓦尔和白居谢》同样是一个白痴浮士德的故事。"我们在这个讥讽上停留一下，因为这个讥讽在一定程度上概括了全部错综复杂的争论。

福楼拜声称，他的目的之一是检查所有的现代思想；他的反对者则称，把这种检查交给两个白痴来做则是直接使这种检查变得毫无价值可言。从这两个白痴的所作所为中推断出宗教、科学和艺术的自负不过是一种毫无道理的诡辩或者是一个拙劣的谎言。白居谢的所有失败不及牛顿的一次失败。

为了反对这个结论，习惯的做法是否定先决条件。迪容和迪梅尼为此提到了福楼拜的忠实信徒和学生莫泊桑的一段话，这段话说布瓦尔和白居谢是"两种很清醒、平庸但朴实的精神"。迪梅尼强调"清醒"这个词，但是莫泊桑的话——或者是福楼拜本人的话，若能找到的话——永远也不会比作品本身更具说服力，作品似乎是在强调"白痴"这个词。

我斗胆提出,《布瓦尔和白居谢》具有说服力的理由是美学的,它同三段论法的四种形式和十九种方式的关系不大或者毫无关系。一是逻辑的严密;一是传统,它几乎本能地把基本的话语放在普通人物或疯子的嘴上。让我们回顾一下伊斯兰教对白痴的尊崇,因为他们认为这些人的灵魂已经被吸引到天上去了;我们回顾一下《圣经》里某些地方讲到上帝挑选了白痴用来羞辱聪明人。或者,如果喜欢更具体的例子,我们想想切斯特顿的《活着的人》,这是一座可以见到的简练之山,是神圣智慧的深渊,或者想想那位胡安·埃斯科托,他认为上帝最好的名字是虚无(什么也没有),"他自己也不知自己为何物,因为他不是为什么……"蒙特祖马国王说,小丑教的东西比智者教的东西更多,因为他们敢于说真话;福楼拜(自始至终不是在做严密的证明、哲学推理,而是作一个讽刺)完全可以小心谨慎地把他最后的疑问和最秘密的惧怕交付给两位不负责任的人。

　　还有一条更深层次的、具有说服力的理由。福楼拜是斯宾塞的忠实信徒;在斯宾塞的《第一项原则》中,他说,宇宙是不可知的,其充分和明确的理由是,解释一件事是把它归于另一件更普遍的事[1]，而这个过程是没有底的，因为它把我们引向除了普遍真理即解释外不可能是其他任何东西了。科学是在无限的空间中发展的一个有限的领域；它的每一次新的扩张使之了解陌生领域中更多的范围，但陌生领域是不会穷尽的。福楼拜写道："我们仍旧几乎一无所知，我们想猜猜这个永远也不会向我们露出真容的最终真理。想得出一个结论的狂热是一切狂躁症中最不幸的和最贫乏的。"艺术的运作必须是通过象征来进行的；最大的领域是无限中的一个点；两个荒谬的抄写员可以代表福楼拜，也可以代表叔本华或牛顿。

丹纳重复了福楼拜的看法，其小说的主角需要一支十八世纪的笔，斯威夫特的简明扼要和辛辣尖刻。他偶然讲到了斯威夫特，因为他在一定程度上感到了这两位伟大和忧伤的作家之间的近似性。他们俩咬牙切齿地仇恨人类的愚蠢行径；他们两人记录下了这种仇恨，长年累月地汇编平庸的句子和愚蠢的意见。在《格列佛游记》第三部中，斯威夫特描写了

---

1  怀疑论者阿格里帕的理由是，任何东西都可以要求实证，直至无穷无尽。——原注

一座令人尊敬的和大规模的学院，学院里有人提议人类放弃口头语言以不损耗肺部。有人要软化大理石来制造枕头和靠垫；有人热衷于鼓吹不长毛的羊的品种；有人通过能偶然组合语言的用铁箍包木头做成的支架，就以为是解决了宇宙之谜。这种发明是同卢尔的《大艺术》[1]背道而驰的……

勒内·德尚姆研究了《布瓦尔和白居谢》的年代，并对它提出了非难。小说跨越的时间需有四十年左右；主人公们六十几岁投身于体操，同时布瓦尔发现了爱情。在这样一部情节繁杂的小说中，时间却是凝固的；除了这两位浮士德（或者双头浮士德）的试验和失败外，什么也没有发生；缺少日常生活、宿命和偶然。"结局时的人群仍是开始时的人群，没有人变老，也没有人死亡，"迪容说。在另外一页上，他归纳说："福楼拜笔下的知识分子正直，使他下了一次可怕的赌注，使他对他的故事过于修饰，使他在写作时收藏起他那支作家的笔。"

晚年福楼拜的疏忽或轻视或自由使得评论家们不得要领；

---

1 西班牙神学家和神秘主义者拉蒙·卢尔（Ramon Llull,1232—1315）的代表作，书中试图把信仰和理性联系起来。

我却认为在其中看到了一个象征。以《包法利夫人》创建现实主义小说的人也是第一个打碎它的人。几乎就在昨天，切斯特顿写道："小说完全可能同我们一起死亡。"福楼拜的本能预感到了这种死亡，因为它正在发生——《尤利西斯》以它的构思、时间和精神，不正是某一体裁的回光返照吗？他在小说的第五章中谴责巴尔扎克"统计学和人种学"的小说，并把它推广到左拉的小说。所以《布瓦尔和白居谢》的时间向永恒倾斜；所以主人公不死，继续在卡昂附近抄写他们不合潮流的蠢名录，在一九一四年时像在一八七〇年时一样无知；所以，此作品是向后看的，朝伏尔泰、斯威夫特和东方的寓言看的，朝前看，则是向着卡夫卡了。

可能另有一个关键。为了嘲弄人类的渴求，斯威夫特说他们身材矮小或类似灵长类；福楼拜则把他们说成是粗野的人。很明显，如果世界的历史就是《布瓦尔和白居谢》的历史，那么，组成这部历史的一切都是滑稽的和不牢靠的。

# 福楼拜和他典范的目标

在一篇专门谈及贬低和削弱在英国对福楼拜的崇拜的文章中，约翰·米德尔顿·默里[1]发现有两个福楼拜：一个是瘦骨嶙峋的男人，与其说他受人爱戴，倒不如说他很平易近人，一副平常人的音容笑貌，为撰写半打不同篇幅的文学作品而垂死拼搏；另一个是无形的巨匠，一个象征、一声战斗的呐喊、一面旗帜。我声明，我不懂这种反差。为创作一部刻意的和优秀的作品，垂死拼搏的福楼拜确确实实是传说中的福楼拜（如果他四卷书信中说的不是骗我们的话），他也是历史上的福楼拜，这个福楼拜，最重要的是由他策划和实现的重要文学，他是一类新人中的第一个亚当：如牧师、苦行僧和几乎像烈士一样的文化新人。

由于我们将要看到的原因，古代不能产生这类人。《伊翁》[2]里说，诗人"是个轻浮的、长翅膀的、神圣的东西，没有灵感则一事无成，就像是我们所说的疯子"。到处流传的类似这种关于精神的理论（《唐璜》，第三章第八节），对诗人的个人评价怀有敌意，把他贬低为神明的临时性工具。所以，在希腊的城市里或在罗马，有个福楼拜是不可思议的。也许与他最相似的是品达。他是位牧师型诗人，他把他的赞美诗比作铺设的道路，比作潮水，比作金浮雕和象牙雕，比作楼房；感到和体现了专职作家的尊严。

对于古典派们所说的灵感的"浪漫"学说[3]，应该补充一个事实：总的感觉是荷马已经把诗写完了，不管怎样，他已经发现了诗的完美形式——英雄史诗。马其顿国王每天晚上把他的剑和《伊利亚特》放在枕头下，而德·昆西则谈到有一位英国牧师在布道台上"为人类伟大的受苦精神，为人类

---

1 John Middleton Murry（1889—1957），英国作家、评论家，小说家凯瑟琳·曼斯菲尔德的丈夫，对二十世纪二十年代的青年知识分子有较大影响。
2 欧里庇得斯据古希腊伊翁神话创作的剧作。
3 他的反面是浪漫派诗人爱伦·坡的"古典"学说，他使诗人的劳动变成了脑力劳动。——原注

的崇高愿望，为人类的发明创造之不朽祈祷，为《伊利亚特》，为《奥德赛》祈祷！"阿喀琉斯的愤怒和尤利西斯归来的艰辛不再是普遍的题材；在此种范围内，后人有了一种希望。凌驾于其他寓言之上，为祈求而祈求，为战斗而战斗，为超自然的机器而超自然的机器，在二十个世纪内，《伊利亚特》的内容和形式是诗人们最大的目标。嘲讽它是很容易的，但是不嘲讽《埃涅阿斯纪》，因为它是幸运的结果（伦普里尔[1]谨慎地把维吉尔列入荷马的恩惠之中）。十四世纪，偏爱罗马荣誉的彼特拉克认为在布匿战争中发现了史诗经久不衰的素材。塔索在十六世纪选择了第一次十字军远征。他把它写成了两部作品，或者说，一部作品的两种写法；一部是著名的《耶路撒冷的解放》，另一部是《耶路撒冷的征服》。他想尽量使之与《伊利亚特》一致；但那只不过是文学的好奇心而已，此书淡化了原文中强调的东西，对一部主要是强调的作品采用这种手法，有可能导致对它本身的破坏。这样，我们在《耶路撒冷的解放》（第八章第二十三节）中看到一个

---

1　John Lemprière（1765—1824），英国古典学者。

受了重伤的、勇敢的、还没有死的人：

> 他仿佛是具凶猛不屈的尸体，
> 支持他的不是生命，而是勇气。[1]

在修改本中，夸张和效果都消失了：

> 不是生命，而是勇气，
> 支持着那位凶猛不屈的骑士。

之后，弥尔顿活着就是为了写一部英雄史诗。他从小的时候起，也许在他写下第一行诗句之间，他就明白他要从事文学。为从事史诗写作，他担心自己出生得太晚了（离荷马太远，离亚当太远），他担心他生在过于寒冷的纬度，但是他在写诗的艺术上苦练了许多年。他学习希伯来语、阿拉伯语、意大利语、法语、希腊语，当然还有拉丁语。他创作拉丁语

---

1 此处及下文塔索的诗都采用王永年先生的译文。

和希腊语的六韵步诗和托斯卡纳¹式的十一音节诗。他的创作是有节制的，因为他感到无节制的创作会消耗他写诗的才能。他在三十六岁时写道，诗人应该是一首诗，"就是说，是一篇文艺作品和最好的东西的典型"，他还写道，没有人不值得赞美，应该敢于赞美"英雄人物或著名的城市"。他知道，一本人们不让它死亡的书将会出自他的笔下，但是主题没有显露出来，他要到《布列塔尼的早晨》、《新约全书》和《旧约全书》中寻找主题。在一张偶然遇到的纸（现在是剑桥大学收藏的手稿）上记录着一百多个可能写作的题目。最终，他选择了天使和人的死亡作为题目，这是那个世纪中的历史性题目。尽管现在我们认为它们是象征性的或者是神话。

弥尔顿、塔索和维吉尔都献身于诗的写作；福楼拜则是献身于（我给此单词的词源活力）创作一部纯美学散文作品的第一人。在文学史上，散文在诗歌之后，这种奇谈激起了

---

1　意大利文艺复兴发源地。十三世纪这一地区出现以圭托内·达雷佐（Guittone d'Arezzo，1235—1294）为代表的诗歌流派，在爱情诗中抒发城市市民对世俗生活的兴趣和追求社会平等的意识，在内容和形式上都达到中世纪抒情诗的高峰，史称托斯卡纳诗派。

福楼拜的雄心。他写道，"散文是昨天诞生的"，"诗是古代文学的最好形式，诗的韵律组合已经耗尽；散文的组合却不是这样"；另一方面，"小说正在等待它的荷马"。

弥尔顿的诗包括天、地狱、世界和混乱，但它仍是一部《伊利亚特》，一部包容宇宙的《伊利亚特》；相反，福楼拜不想重复和超越以前的模式。他认为，每种东西只能用一种方式来表达。而寻找这种方式则是作家的义务。古典派和浪漫派展开热闹的争论，福楼拜说，他们的失败可能会不同，但是，他们的目标是一样的，因为美的东西总是必需的、正确的。布瓦洛的一句好诗就是雨果的一句好诗，他相信一种事先设定的悦耳与准确的和谐，并对"确切的单词和韵律单词之间的必要关系"感到惊喜。对语言的这种迷信可能会使其他作家编织出不良句法和正音习惯的小方言。对福楼拜则不是这样，他的基本诚实使他摆脱了他自己学说的危险。他用长期的诚实追求最正确，的确，他没有摈弃共同的东西，以后，在象征派的晚餐聚会极少有的自负中可能会蜕变。

据历史记载，著名的老子想过隐居的生活，不想出名；不想成为名人的同样意愿和不求名声的同样意愿正是福楼拜的目标。他不希望出现在他的书里，或者几乎想像上帝那样以看不见的形式出现在他的创造物里一样，他几乎以看不见的形式出现在他的作品中。事实上，如果我们事先不知道同一支笔写了《萨朗波》和《包法利夫人》，我们就不会猜到是他写的。不可否认，想到福楼拜的作品，就会想到福楼拜，就会想到那个如饥似渴地参考了许多书、写下不少草稿的勤奋工作的人。堂吉诃德和桑丘比创作他们的那位西班牙战士更现实，但是，福楼拜笔下的任何人物都不如福楼拜那么现实。说他的重要作品就是《书信集》的人可以论证福楼拜目标的面孔就在他那些勤奋的书卷里。

这种目标仍然是典范，就像拜伦是浪漫派的典范一样。我们把《老妇人的故事》和《巴西利奥表兄》归为对福楼拜技巧的模仿；他的目标以玄妙的赞美和神秘的变化在马拉美的书中重复（他的碑铭"世界的目的就是一本书"，使福楼拜的信念固定了下来）；在穆尔的诗中，在亨利·詹姆斯的书中以及在编织错综复杂的《尤利西斯》的爱尔兰人的几乎是无穷尽的作品中重复。

# 阿根廷作家与传统 [1]

　　我想就阿根廷作家和传统问题提出一些质疑的命题并加以解释。我的怀疑并不是指问题难以解答，或者不可能解答，而是指问题是否存在。我认为我们面对的是一个修辞学的主题，大有文章可做；据我理解，那是外观、表象，是假问题，而不是真正的心理困难。

　　在探讨问题之前，我们先看看最近的提法和解答。我首先要谈的是一个几乎出于直觉的解答，不加任何论证就提了出来；它声称阿根廷文学传统早在高乔诗歌中就已存在。按照这种说法，高乔诗歌的词汇、方法、题材应该对当代作家有所启迪，是出发点，甚至是典型。这是最常见的解答，因此我认为有必要花些时间探讨。

解答是卢贡内斯作出的；他在《吟唱诗人》中说，阿根廷人有一部经典长诗《马丁·菲耶罗》，它之对于我们应该像是《荷马史诗》之对于希腊人一样。要反驳这个意见而不贬低《马丁·菲耶罗》似乎很难。我相信，《马丁·菲耶罗》是阿根廷人至今所写的最经得起时间考验的作品；我也坚信，不能像某些人宣称的那样，将《马丁·菲耶罗》奉为我们的《圣经》，我们的宝典。

里卡多·罗哈斯对《马丁·菲耶罗》也推崇备至，在他写的《阿根廷文学史》中有一专论，但几乎像是陈词滥调，显得有些狡黠。

罗哈斯研究了那些专门描写高乔人的诗人的作品，也就是说，伊达尔戈、阿斯卡苏比、埃斯塔尼斯劳·德尔坎波和何塞·埃尔南德斯的诗歌，民间诗人诗歌的衍变和高乔人的自发的诗歌。他指出通俗诗歌的格律是八音节，高乔诗歌的作者运用这种格律，从而认为高乔诗歌是民间诗人作品的继续或发扬。

---

1  本文是作者在自由高等学院的一次讲课的记录稿。——原注

我觉得这种说法有一个严重的错误；我们不妨说是一个巧妙的错误，因为罗哈斯显然想替伊达尔戈开创的、埃尔南德斯使之登峰造极的高乔诗歌找一个民间的根源，便把它说成是高乔人的诗歌的继续或派生，这一来，巴托洛梅·伊达尔戈便不是米特雷[1]所说的高乔诗歌的荷马，而只是其中的一环。

里卡多·罗哈斯把伊达尔戈说成是民间诗人；但是据他自己撰写的《阿根廷文学史》所说，这位所谓的吟唱诗人早期创作民间极少见的十一音节格律诗歌，因为他们认为十一音节不和谐，正如加尔西拉索[2]从意大利引进十一音节格律时，西班牙读者也不感到它的和谐。

据我所知，高乔人的诗歌和高乔诗歌之间有根本性的差别。随便找一个民间诗歌的集子同《马丁·菲耶罗》、《保利诺·卢塞罗》、《浮士德》加以比较，就可以看出差别不仅在

---

1　Bartolomé Mitre（1821—1906），阿根廷军人，政治家、作家。一八六七年当选为共和国总统，著有《贝尔格拉诺和阿根廷独立史》、《圣马丁和美洲解放史》等，他将但丁的《神曲》翻译成西班牙文，创办了布宜诺斯艾利斯最大的报纸《民族报》。

2　Garcilaso de la Vega（1501—1536），西班牙军人，诗人。传世作品有四十首十四行诗，三首田园诗和若干首歌谣、挽歌。他在诗作中首先采用了意大利诗歌格律，开辟了西班牙诗歌的新道路。

于词汇，而且在于诗人的用意。乡村和城郊的诗人采用普遍的题材：爱情的烦恼和失恋的痛苦，运用的词汇也很普遍；反之，高乔诗人故意发展了一种民间诗人并不尝试的通俗语言。我不是说民间诗人的语言是正确的西班牙语，我想说的是，如果有错误，也是出于无知。然而，高乔诗人的作品追求地方语言和浓郁的地方色彩。证明是：一个哥伦比亚人、墨西哥人或者西班牙人一看就懂得民间诗人和高乔人的诗歌；与之相反，他们要看懂埃斯塔尼斯劳·德尔坎波或者阿斯卡苏比，或者揣摩大概的意思，却必须借助于生僻语词词汇表。

可以这样总结：高乔诗歌毫无疑问地产生了优秀的作品，但和任何文学体裁一样是人为的产品。在早期的高乔作品，在巴托洛梅·伊达尔戈的歌谣里，已经看出作者的意图是借高乔人之口唱出这些诗歌，让读者感受到高乔语气。这同民间诗歌相差太远了。我不但在乡村，还在布宜诺斯艾利斯郊区注意到人们作诗时深信自己是在做一件重要的事情，于是本能地回避通俗的字眼，寻找夸张的词句和结构。如今民间诗人可能受到了高乔诗歌的影响，他们本身也有许多地方色彩，但最初并不是这样的，我们在《马丁·菲耶罗》里可以找到前人从未指出的证据。

《马丁·菲耶罗》是用带有高乔口气的西班牙文撰写的，它使我们久久不会忘记吟唱的是个高乔人；它有大量的取自牧民生活的比喻；但是在一个著名的章节里，作者忘了刻意追求地方色彩，用了普通的西班牙文，他谈的不是本地的题材，而是抽象的大题目，是时间、空间、海洋、夜晚。我指的是第二部分结尾时马丁·菲耶罗和黑人的对话。似乎埃尔南德斯本人也想指出高乔诗歌和高乔人的真正的诗歌之间的区别。当菲耶罗和黑人两个高乔人开始吟唱时，他们把高乔的做作抛在脑后，讨论哲学问题了。我听郊区民间诗人吟唱时也证实了这一点；他们不用郊区俚语，试图用标准的语言表达。当然不成，但他们的用意是使诗歌成为崇高的、不一般的东西，可以脸带笑容地说出来的东西。

认为阿根廷诗歌必须具有大量阿根廷特点和阿根廷地方色彩，是错误的观点。如果我们要问，《马丁·菲耶罗》和恩里克·班奇斯的《陶瓮》里的十四行诗两者之间，哪一个更有阿根廷特色，说前者更有特色是毫无理由的。人们会说，班奇斯的《陶瓮》里没有阿根廷的景色、地形、植物、动物；

然而《陶瓮》里有别的阿根廷情况。

我记得《陶瓮》里有些诗句，一看就使人不能说这本书是纯阿根廷的，诗句说："……太阳在房顶／和窗口闪耀。夜莺／仿佛在说它们堕入情网。"

"太阳在房顶和窗口闪耀"似乎免不了指摘。恩里克·班奇斯是在布宜诺斯艾利斯写这些诗句的，而在布宜诺斯艾利斯郊区没有房顶，只有屋顶平台；"夜莺仿佛在说它们堕入情网"；夜莺与其说是现实生活中的鸟，不如说是文学中的、希腊和日耳曼传统中的东西。然而我要说，在这些常规形象的运用上，在那些违反常规的房顶和夜莺上，当然没有阿根廷的建筑和鸟类，但是有阿根廷的腼腆和暗示；班奇斯在抒发压在他心头的巨大痛苦时，在谈到那个抛弃了他、只给他留下一片空虚的女人时，他运用了房顶和夜莺之类的外来的常规形象，这种特定环境是意味深长的：它透露了阿根廷人的腼腆、怀疑、欲言又止，很难和盘托出我们的隐衷。

此外，我不知道有没有必要说，认为文学应该由产生国的特点所确定这一概念是比较新的；认为作家应该寻找他们各自国家的题材也是专断的新概念。远的且不说，如果有谁由于拉辛[1]寻求了希腊和罗马的题材而否认他法兰西诗人的称号，我相信拉辛一定会啼笑皆非。如果有谁试图把莎士比亚限制在英格兰题材里，说他作为英格兰人无权写斯堪的纳维亚题材的《哈姆雷特》，或者苏格兰题材的《麦克白》，他会大吃一惊的。阿根廷人对地方色彩的崇拜是欧洲的一种新思潮，其实民族主义者应当把它作为外来物予以排斥。

前不久，我看到一个很有意思的论断，说是真正土生土长的东西往往不需要，也可以不需要地方色彩；这是吉本在他的《罗马帝国衰亡史》里说的。吉本指出，在那本完完全全是阿拉伯的书里，也就是《古兰经》里，没有提到过骆驼；我认为如果有人怀疑《古兰经》的真实性，正由于书中没有骆驼，就可以证实它是阿拉伯的。《古兰经》是穆罕默德写的，穆罕默德作为阿拉伯人没有理由知道骆驼是阿拉伯特有的动物；对他来说，骆驼是现实的一个组成部分，他没有加以突出的理由；相反的是，一个伪造者、旅游者、阿拉伯民族主义者首先要做的是在每一页大谈骆驼和骆驼队；但作为

---

1  Jean Racine（1639—1699），法国剧作家，诗人。

阿拉伯人的穆罕默德却处之泰然；他知道即使没有骆驼，他还是阿拉伯人。我觉得我们阿根廷人也能像穆罕默德一样，我们可以相信，即使不渲染地方色彩，我们也能是阿根廷人。

请允许我在这里吐露一个秘密，一个小小的秘密。多年来，在一些现在幸好已被遗忘的书里，我试图写出布宜诺斯艾利斯远郊的特色和实质；我自然用了许多当地的词汇，少不了青皮光棍、米隆加、干打垒之类的词儿，就这样写了一些给人印象淡薄、已被遗忘的书；后来，也就是一年前吧，我写了一篇名叫《死亡与指南针》的故事，讲的是梦魇，其中有因梦魇的恐怖而扭曲的布宜诺斯艾利斯的事物；我想到哥伦布大道，在故事里把它叫做土伦路，我想到阿德罗格的别墅区，把它叫做特里斯特勒罗伊，这篇故事发表后，朋友们对我说他们终于在我写的东西里找到了布宜诺斯艾利斯的特色。正由于我不打算寻求那种特色，由于我放弃了梦想，经过这许多年之后，我才找到了以前没有找到的东西。

现在我想谈一部民族主义者经常提起的确为杰出的作品。我指的是里卡多·吉拉尔德斯的《堂塞贡多·松勃拉》。民族主义者说，《堂塞贡多·松勃拉》是民族作品的典型；然而我

187

们把《堂塞贡多·松勃拉》和具有高乔传统的作品加以比较时，我们首先注意到的是它们之间的差别。《堂塞贡多·松勃拉》里大量的隐喻同乡村口语毫不相干，却同蒙马特尔高地现代文艺界人士聚会上用的隐喻相似。至于故事情节，显然受到吉卜林的《吉姆》的影响，《吉姆》的地理背景是印度，它的创作则是受到密西西比河的史诗作品，马克·吐温的《哈克贝利·费恩历险记》的影响。我说这番话时，绝无贬低《堂塞贡多·松勃拉》价值的意思；相反的是，我想强调说我们能有那部作品全靠吉拉尔德斯回忆起当时法国沙龙里谈的诗歌技巧和他多年前看过的吉卜林的作品；也就是说，吉卜林、马克·吐温和法国诗人们的隐喻对于这本阿根廷的书是不可少的，我重复一遍，对于这本书虽然接受了影响仍不失为地地道道的阿根廷的书是必不可少的。

我还想指出一个矛盾：民族主义者貌似尊重阿根廷头脑的能力，但要把这种头脑的诗歌创作限制在一些贫乏的地方题材之内，仿佛我们阿根廷人只会谈郊区、庄园，不会谈宇宙。

现在来谈谈另一种解答。人们说阿根廷作家应该利用另一种传统，那就是西班牙文学。这第二个建议当然比第一个宽松一些，但也容易使我们受到限制；有许多可以反对的理由，只讲两点就够了。首先，阿根廷的历史可以确切地说是一部要求摆脱西班牙、有意疏远西班牙的历史。其次，阿根廷对西班牙文学的喜爱（我个人就有），往往是培养出来的；我常常向没有特殊文学修养的人推荐法国和英国作品，这些书毫不费劲就受到喜爱。相反的是，当我向朋友推荐西班牙书籍的时候，我发现如果不经过特殊的学习这些书很难得到喜爱；因此，我认为有些优秀的阿根廷作家笔法同西班牙作家相仿，并不说明继承的才能，而是证实阿根廷人的多才多艺。

现在我来谈谈关于阿根廷作家和传统的第三种意见，那是我最近看到的，曾使我感到大为惊讶。那种意见认为我们阿根廷人同过去脱离了关系；我们和欧洲之间的连续似乎出现了间断。按照这种奇怪的看法，我们阿根廷人仿佛处于混沌初开的时期；寻求欧洲题材和方法是幻想，是错误；我们应该懂得我们实质上是孤立的，不能同欧洲人平起平坐。

我认为这种意见是没有根据的。但不少人接受了，因为宣告我们的孤独、失落和原始状态就同存在主义一样有其悲怆的魅力。许多人之所以能接受这个意见，是因为一旦接受之后，自己就觉得孤独、落寞，能博得别人关心。但我注意到，我们的国家正由于年轻，有一种强烈的时间感。欧洲发生的一切，最近几年中欧洲的风云变幻，在这里都产生了深远的回响。西班牙内战时期，有人支持佛朗哥，有人拥护共和；有人支持纳粹，有人支持协约国，这一事实往往导致了极其严重的冲突和疏远。如果说我们同欧洲脱离了关系，这种情况就不至于发生。至于阿根廷历史，我相信我们人人都有深刻感受；这很自然，因为由于年代和血缘，阿根廷历史离我们很近；人物、内战的战役、独立战争，在时间和家族传统上都离我们很近。

那么，阿根廷传统是什么呢？我认为我们很容易回答，这是一个不成问题的问题。我认为整个西方文化就是我们的传统，我们比这一个或那一个西方国家的人民更有权利继承这一传统。我想起美国社会学家索尔斯坦·凡勃伦[1]的一篇文

---

1 Thorstein Veblen（1857—1929），美国社会学家，作家。

章，讨论了犹太人在西方文化中的杰出地位。他问这种杰出地位是不是可以假设为犹太人天生的优越性，他自己的回答是否定的；他说犹太人在西方文化中出类拔萃，是因为他们参与了这种文化的活动，但同时又不因特殊的偏爱而感到这种文化的束缚；"因此，"凡勃伦说，"犹太人比非犹太的欧洲人更易于在西方文化中创新。"这句话也适用于爱尔兰人在英国文化中的地位。说起爱尔兰人，我们没有理由假设不列颠文学和哲学中爱尔兰人比比皆是的现象是由于种族杰出，因为许多杰出的爱尔兰人（萧伯纳、贝克莱、斯威夫特）是英格兰人的后裔，并没有凯尔特血统；但是他们只要觉得自己是爱尔兰人，有所不同，就足以在英国文化中创新。我认为我们阿根廷人、南美洲人，所处情况相似；能够处理一切欧洲题材，能够洒脱地、不带迷信地处理一切欧洲题材，从而达到，事实上也达到很好的效果。

这并不是说阿根廷的试验是全部成功的；我认为传统和阿根廷特色的问题仅仅是永恒的决定论的一种当代的短暂的形式。如果我要用一只手摸桌子，问自己用左手还是右手去摸；然后用右手摸了，决定论者就会说，我不可能采取别的方式，在此之前的全部宇宙史已经决定了我要用右手去摸，如果用左手就成了奇迹。但是，假如我用左手去摸，他们也会说同样的话：我注定要用那只手去摸。文学题材和方法情况也如此。阿根廷作家出色地所做的一切都属于阿根廷传统，正如由于乔叟和莎士比亚，处理意大利题材已成为英国的传统。

我还认为，前面所作的有关文学创作目的的探讨，都基于意图和动机起重要作用的这一错误假设。以吉卜林为例：吉卜林一生为特定的政治理想而写作，想使自己的作品成为宣传的工具，但是他晚年不得不承认，作家作品的真正实质往往是作家自己不知道的；他还援引了斯威夫特的例子，斯威夫特写作《格列佛游记》时的意图是抨击人类社会的不公，却留下了一本儿童读物。柏拉图说过，诗人是神的抄写员，神仿佛是使一连串铁指环感应磁力的磁石，感应了诗人使他们背离原来的意愿和动机。

因此，我要重复说我们不应该害怕，我们应该把宇宙看做我们的遗产；任何题材都可以尝试，不能因为自己是阿根廷人而囿于阿根廷特色：因为作为阿根廷人是预先注定的，在那种情况下，无论如何，我们总是阿根廷人，另一种可能是作为阿根廷人只是做作，是一个假面具。

我相信，如果我们服从那个名为艺术创作的自我的梦想，我们就能成为真正的阿根廷人，成为虚怀若谷的好作家。

# 评注几则

## 赫·乔·威尔斯和寓意：
## 《槌球手》《星星所孕育的》

今年，威尔斯出了两本书。第一本——《槌球手》——描写一个满地沼泽散发着恶臭的地区，这里开始发生了一些可恨的事情；最后，我们明白这个地区就是整个地球。另一本书——《星星所孕育的》——写了火星人的一次友善的阴谋，其目的是要通过宇宙射线来更新人类。我们的文化正经受着大量复苏的愚蠢和残忍的威胁，这是第一本书要说的意义；我们的文化可以通过稍有不同的一代来更新它，这是第二本书要说的寓意。两本书是两个寓意，两本书提出了隐喻和象征之间的古老争论。

我们大家都倾向于认为，解释是可以详细论述象征的。但这种想法是错到底了。我举一个最基本的例子：猜谜语。没有人不知道底比斯的狮身人面像问俄狄浦斯："什么动物早晨有四条腿、中午有两条腿、下午有三条腿？"也没有人不知道俄狄浦斯回答说是人。我们中间有谁不会马上发现，人这个干巴巴的概念比提出此问题的神奇动物低级，比类同于这头变幻的和以六十年为一日并把老人的拐杖看做是第三条腿的动物的普通人低级呢？这种多重性质还是一切象征本身所具有的。例如：寓意向读者提供两重或三重直觉，而不是可以用抽象名词来代替的形象。"寓意的特征，"德·昆西正确地说（《作品集》，第十 卷第一百九十九页），"处于人类生活的绝对现实和逻辑推理的纯抽象之间。"《神曲》第一篇中那只饥饿瘦弱的母狼不是贪婪的标志或词语：它是一头母狼，像在梦中一样，它也是贪婪。我们不要过于相信这种双重性；神秘主义者认为，具体的世界不过是象征的体系而已……

如上述，我大胆地推断，把小说归于其寓意，把寓意归于其企图，把"形式"归于其"背景"，这都是荒谬的。（叔本华已经指出，公众们极少注意形式，总是注意背景。）在《槌球十》中，有一种我们可以批评或赞同的形象，但我们不能否认它的存在；相反，《星星所孕育的》是完全不定型的。泛泛的讨论贯穿全书。情节——在宇宙射线下人类种族无情的变化——是没有的；仅仅是主人公们在讨论这个可能性。效果并不十分刺激。真遗憾，威尔斯没有想起来写这样的书！读者忧心忡忡地想。这种想法是有道理的：情节所要求的威尔斯不是《威廉·克利索的世界》和不谨慎的百科全书中那个雄辩和泛泛的对话者。他是另一个人，是精彩奇迹的古老叙述者：他是将来带着一支枯萎花朵的旅行者的小说的人，是兽性的人类在黑夜里默念奴性信念的小说的人，是从月亮里逃出来的叛逆者的小说的人。

## 爱德华·卡斯纳和詹姆斯·纽曼：《数学和想象》
### （西蒙舒斯特出版社）

检查一下我自己的图书室，我惊讶地发现，我读得最多和做笔记最勤的是毛特纳的《哲学词典》、刘易斯的《哲学：传记史》、李德·哈特的《第一次世界大战战史》、鲍斯韦尔的《塞缪尔·约翰逊传》和古斯塔夫·斯皮勒的心理学著作——一九〇二年出版的《人的意识》。对这些不同类的书籍（不排除像刘易斯那样的书可能是习惯使然），我预见到在以后的岁月里会加上这本非常有意义的书。

全书的四百页清楚地罗列了数学上近期的和可以接近的令人兴趣盎然的内容，使一位仅仅是搞文学的人也能理解，或者以为能理解的内容：布劳威尔不间断的地图，莫尔[1]猜测到的和霍华德·欣顿声称直觉了解的四维空间，莫比乌斯[2]有点费解的带子、转变有限数字理论的基础知识，芝诺的八个悖论，笛卡儿的平行线结束于九限之中，莱布尼茨在《易经》的卦象中发现的二进制，素数无穷小的欧几里得美妙的证明，汉诺塔的问题二难推理三段论或二段论。

---

1 指英国哲学家和神学家亨利·莫尔（Henry More，1614—1687）。
2 August Ferdinand Möbius（1790—1868），德国数学家。他把一条矩形纸带的一个短边扭转180°，再和对边连接，得到一个单曲侧面，通称莫比乌斯带。

这最后一个，希腊人曾经操练过，（德谟克利特发誓说，所有的阿布德拉人都说谎。德谟克利特是阿布德拉人，于是德谟克利特是说谎者，但是德谟克利特说自己说谎，于是德谟克利特不说谎，于是所有的阿布德拉人说谎不是事实。然后……）有许多方法不变的说法，但是提出它的人和方式却是有变化的。奥卢斯·格利乌斯（《雅典之夜》，第五卷第十章）采用了一位演讲人和他的学生；路易斯·巴拉蒙那·德·索托（《安杰利卡》，第五歌），采用了两个奴隶；米格尔·德·塞万提斯（《堂吉诃德》，第二部第五十一章）采用了一条河、一座桥和一副绞架；杰里米·泰勒，在他的一次说教中，采用一个人做梦时有个声音对他说所有的梦全是空的；罗素（《数学哲学导论》，第一百三十六页），采用相互不包容的集合。在所有这些有名的悖论之上，我斗胆加上我的一个：

在苏门答腊，有人想学猜谜。主考的巫师问他是通过考试呢还是不通过考试，应试人回答说不通过……因为他已经预见到了无穷无尽的循环往复。

# 杰拉尔德·赫德《痛苦、性和时间》
## （卡塞尔出版社）

一八九六年，萧伯纳在尼采身上觉察到有一个不称职的学士，因为他受到复兴主义和古典派的束缚（《九十年代我们的戏剧》，第二卷第九十四页）。不可否认的是，尼采为了把他的超级人类进化假设运用到达尔文的世纪，他在一本老掉牙的书里是这样做的，这本书是对所有《东方圣书》[1]的难堪的讽刺。但是，他没有冒险对未来生物种族的解剖学或心理学提到一个字；他只是提到了其伦理，这与切萨雷·博尔吉亚[2]和北欧海盗是相同的（对现在和将来胆战心惊）。[3]

---

1 牛津大学出版社于一八七九至一九一〇年间出版的五十卷亚洲宗教典籍丛书。
2 Cesare Borgia（1475—1507），教皇亚历山大六世的私生子。
3 有一次（《永恒史》）我努力列举或编集尼采之前的有关"永久轮回"学说的全部证言。"这一虚幻的企图超出了我有限的学识和人生阅历。现在我只消在那些已收集的证言中加上费霍神甫的证言（《批判戏剧大全》，卷四，论文十二）。费霍神甫和托马斯·布朗爵士一样，把该学说归咎于柏拉图。他是这样说的："柏拉图的谵妄之一是，当'伟大年'的循环解决之后（'伟大年'指所有的星球经过无数次运转之后恢复原有的位置和次序的那段时间），一切事物从头开始；也就是说，同样的演员将登上世界舞台演出同样的事件，人、兽、星球、石头都获得新生；总之，先前世纪的一切有生气、无生气的（转下页）

赫德纠正了查拉图斯特拉的不谨慎和省略。就文字的行文而言，他拥有的风格是很差劲的；但连续阅读它还是可以忍受的。他不相信超人，但他宣告人类才能的巨人进化。这种脑力的进化并不需要几个世纪的长时间：在人体内具有永远也不会穷尽的神经能量，使他具有不间断的性，这不同于其他动物，因为它们的性是有时间性的。"历史，"赫德写道，"是自然历史的一部分。人类历史是心理上加快的生物学。"

我们对时间意识将来进化的可能性也许是这本书的基本主题。赫德认为，动物完全没有这种意识，它们间断的和有机的生命完全是现时的。这种判断是古老的；因为塞内加在

---

(接上页)事物都将登场重复它们第一次生存时的同样的活动，同样的事件，同样的命运摆弄。"那是一七三○年的话；我在《西班牙作家丛书》第五十六卷曾引用过。它们阐明了"回返"的"占星术"根据。

柏拉图在《蒂迈欧篇》断言七个行星不同的速度达到平衡之后，将回到出发的起点，但没有从这庞大的循环中推断出历史确切的重复。然而，卢奇利奥·瓦尼尼宣称："阿喀琉斯将再去特洛伊；仪式和宗教将再生；人类历史将重演；现今一切都已有过；过去的事物会再现；但这一切只是一般而言，不是（像柏拉图所说的）具体而言。"瓦尼尼是一六一六年写的；伯顿在《忧郁的解剖》第三部分第四节加以引用。弗朗西斯·培根（《随笔》，第五十八节，一六二五年）承认柏拉图年结束时，星体将产生同样的一般性的作用，但否认了重复个别作用的功能。——原注（王永年译）

给卢奇利奥的最后的信札中早就提到了它了：（那种假设）如此活跃，虽然约略一提，却引起了长期争论……它也大量地存在于通神论的文学作品中。鲁道夫·斯坦纳把矿石的无生命状态同死尸的无生命状态相比较；把植物悄然无声的生命同人睡眠时的生命相比较；把动物暂时性的注意力同无条理做梦的疏忽的梦中人的暂时性注意力相比较。弗里茨·毛特纳在他可敬的《哲学词典》第三卷中，说："好像动物对时间的先后次序和存在只有一些含糊不清的预感。相反，人，如果他还是位新流派的心理学家，他就能分辨两个间隔五百分之一秒的印象。"在居约[1]死后发表的一部著作中——《时间意识的起源》，一八九○年——有两三处相同的论述。乌斯宾斯基（《第三机体》，第十八章）并非不雄辩地正视了这个问题；他说，动物的世界是二维的，它们不能构思一个球体或一只桶。对它们而言，每个角都是动心的，是时间的先后……像爱德华·卡彭特[2]、利得贝特、邓恩、乌斯宾斯基一样，他提出，我们的智力略去直线的、先后次序的时间，我

---

1　Jean Marie Guyan（1854—1888），法国哲学家、诗人。
2　Edward Carpenter（1844—1929），英国诗人、哲学家，惠特曼的朋友。

们的智力就以天使般的方式直观地感觉到宇宙：仰望不朽。

赫德取得了同样的结论，其语言有时受到了心理学和社会学行话的感染。他取得或者说我认为他取得了结论。在他的第一部分，他肯定存在着我们人类穿越的一个静止不动的时间。我不知道这个有名的论断仅仅是对牛顿统一的宇宙时间的形而上学否定呢？还是从文字上肯定过去、现在和将来的共存。至少（邓恩可能会说）静止的时间在空间退化，而我们公转的运动需求另一个时间……

对时间的看法有某种程度的进化，我不认为这是难以置信的，也许它是不可避免的。至于这种进化可能是突变的，我则认为这是作者的一种臆想，是一种人为的刺激。

## 吉尔伯特·瓦特豪泽《德国文学简史》
## （米苏因出版社，伦敦，一九四三年）

与拉普拉斯侯爵（他说有可能在一个公式之内揭示将来、现在和过去的一切事情）和反向怪诞的罗哈斯先生（他的阿根廷文学史比阿根廷文学还长）一样，吉尔伯特·瓦特豪泽写了一部一百四十页的并非全都一无是处的德国文学史。阅读这本书既不会引起恼怒也不会引起赞扬：它最明显的和也许是不可避免的缺点正是德·昆西批评德国评论界时指出的：省略了有表现力的例子，也不是大度地认为博学的诺瓦利斯的那一行字有道理并滥用这行字把他归入次要小说家的序列中，他们作品的典范是《维特》（诺瓦利斯指责《少年维特之烦恼》）；关于歌德，他说过一句有名的话："他是一位实际的诗人。在作品中他犹如一位在商场里的英国人：优雅、朴素、简便、结实。"）习惯地把叔本华和弗里茨·毛特纳排斥在外，使我感到愤愤不平，但并不使我惊讶：哲学这个词的可怕，在于阻止评论家们在后一位的词典中和前一位的《附录与补遗》中看到德国文学中永不枯竭和最优美的散文作品。

未经某种幻觉学习，德国似乎没有行动的能力：他们能开展顺利的战斗或者写出没有生气和无休止的小说，但是，只有在他们自认为是"纯雅利安人"或受犹太人恶意对待的维京人或是塔西佗的《日耳曼尼亚志》中的角色的时候，他们才这样做。（对于这个特殊的回顾希望，尼采曾说："所有真正的日耳曼人移民了，今日的德国是奴隶们先进的位置并准备着欧洲的俄罗斯化。"相似的答复西班牙人也有，西班牙人声称自己是美洲征服者的孙子：我们南美洲人才是孙子，而他们是侄子……）很明显，上帝没有给德国人自然流露之美。这种剥夺确定了德国崇拜莎士比亚的悲剧，在某种程度上，这好像是不幸的爱情。德国人（莱辛，赫德、歌德、诺瓦利斯、席勒、叔本华、尼采、斯蒂芬·格奥尔格……）对莎士比亚的世界感到一种神秘的亲近感，同时又自知没有能力运用这种热情和幼稚、这种敏感的幸福和不在意的极盛状态来创作。"我们的莎士比亚"，德国过去、现在都这样说，但是他们明白自己命中注定从事另一类性质的艺术：预先思考好的象征的艺术或争论论点的艺术。阅读一本像贡多尔夫式的书——《莎士比亚和德意志精神》——或像帕斯卡式的书——《威廉·莎士比亚在德国》——不可能不感到德国智慧的这种伤感或不和谐，这出百年悲剧，它的演员不是一个人，而是许多代人。

其他地方的人可以不经意地成为残忍的人，偶然地成为英雄；德国人则需要忘我精神研修班、卑鄙行为伦理学研修班。

据我所知，在德国文学简史中，最好的是克勒纳出版社由卡尔·海涅曼写的那一本；最差最劣的一本是由马克斯·科赫写的，由于迷信爱国和由加泰罗尼亚一家出版社可怕地译成西班牙文而显得毫无意义。

## 莱斯利·D·韦瑟黑德《死后》
## （伦敦埃普沃恩出版社，一九四二年）

我曾经编选过虚构文学的一个集子。我承认它属于本应是第二艘挪亚方舟从第二次大洪水中拯救出来的极少的集子；但是，我也得承认错误地略去了虚构文学不可争辩的和伟大的大师：巴门尼德、柏拉图、约翰·斯科图斯·埃里金纳[1]、大阿尔伯特、斯宾诺莎、莱布尼茨、康德、弗朗西斯·布拉德利。实际上，威尔斯或爱伦·坡——从未来到我面前的一朵花，催眠至死的人——的奇迹同上帝的创造、用那个在某

---

1　John Scotus Eriugena（约810—约877），生于爱尔兰的英国哲学家、神学家，又称苏格兰人的约翰。他的观点一度被对手斥为"爱尔兰人的粥"。

种意义上同是三个人和孤独地在时间之外永生的人相对峙时又是什么呢？在预先设定的和谐面前毛粪石又是什么呢？在三位一体面前独角兽又是谁呢？在大乘中的千变万化的菩萨面前，阿普列乌斯又是谁呢？在贝克莱的论辩旁边，山鲁佐德的所有夜晚是什么呢？我一直敬慕上帝有步骤的创造；地狱和天堂（不朽的报酬、不朽的惩罚）也是人的印象可敬和奇怪的打算。

神学家们把天堂定义为一个永恒光荣和幸福的地方，并提醒说，这个地方不从事地狱的折磨。该书第四章理由充分地否定了这种区别。它说，地狱和天堂不是地理上的位置，而是灵魂的极端状态。这同安德烈·纪德完全相同（《日记》，第六百七十七页），他讲到一个内在的地狱，这在弥尔顿的诗中早就提到了："我赶往地狱，我自己就是地狱。"特别是同斯威登堡相同，他们那不可救药的飘忽的灵魂喜欢洞穴和沼泽，而不喜欢天堂里不可忍受的光辉。韦瑟黑德提出只有一个不同类的世外天地的论点，根据灵魂的能力，这个世外世界或是地狱或是天堂。

几乎所有人都认为，天堂和幸福是不可分开的两个概念。

在十九世纪后十年，巴特勒却提出所有的东西也都有稍感失望的天堂（因为没有人会拥有完全的幸福）和相对的地狱，里面没有任何不幸的激动，除了禁止做梦以外。大约在一九〇二年，萧伯纳在地狱里安置了色情、献身、光荣和不朽的纯爱情的幻想，在天堂里，则是对现实的理解（《人与超人》，第三幕）。

韦瑟黑德是个受仁慈文学驱使的平庸的几乎不知名的作家，但是，他推测，死后直接追逐纯粹的和永恒的幸福不比现在更不微不足道。他写道："天堂的痛苦是剧烈的，因为我们在这个世界上进化程度越高，在另一个世界越可能分享基督的生活。基督的生活是痛苦的。他的内心有罪孽、痛苦、世界上的一切灾难。只要在世界上还存在一个有罪的人，天堂里就没有幸福。"（埃里金纳肯定地确认创世者最后同所有人调和，甚至连魔鬼，也曾有过这样的梦想。）

我不知道读者对这些半通神的推测会如何想。天主教徒（应读成阿根廷的天主教徒）相信一个世外的世界，但是我发现他们对它不感兴趣。我正好相反；我对它感兴趣，但不相信它。

# M.戴维森《自由将是争论》
## （沃茨出版社，伦敦，一九四三年）

此书希望立即成为记载宿命论者和唯意志论者百年大争论的史书。但此书没有达到或者没有完美地达到这个目的，原因是作者采用了错误的方法。作者只局限于表达各种不同的哲学体系和确定关于该问题的每种理论体系。方法是错误的或者是不充分的；由于这是个特殊的问题，它最好的讨论应该从特殊的文章中寻找，而不是从正规的著作中寻找某些片断。据我所知，这些文章是詹姆斯的文章《决定论的困境》、波伊提乌《哲学的慰藉》第五卷和西塞罗的《论神性》和《论命运》。

宿命论最古老的方式是犹太—雅利安人的占星术。戴维森是这样理解的，他书中的前几章就是叙述它的。他讲到了星球的影响，但是没有充分说明朕兆的制约理论，根据这个理论，成为一个整体的宇宙，组成它的各个部分预先确定了（即使是以最秘密的方式）其他部分的历史。"所发生的一切是发生某些事情的符号，"塞内加说（《自然问题》，第二卷

第三十二章）。西塞罗早就说过："克制主义者不接受上帝干预肝脏的每条缝隙或鸟儿的每声歌唱，他们说此事不值得神明所为，说这是根本不可接受的，相反，他们认为，从一开始世界就安置好了一切，所以特定事件发生前就有特定的征兆，这是由鸟的内脏、闪电、非凡的人、星星、梦和先知的发怒来传达的……由于一切全是天意，所以，如果人能包容所有原因的总联系，那他将永远正确；因为知道将来所有事情发生原因的人，必定会预知将来。"几乎在两千年以后，拉普拉斯侯爵尝试只在一个数学方程内包容组成世界一个时刻的所有事情，然后从这个公式中推导出将来和过去的一切可能性。

戴维森略去了西塞罗；也略去被砍头的波伊提乌。然而，神学家们把人类意志同天意天命的各种协调中最杰出的一种归于波伊提乌。如果上帝在点亮星星之前就知道我们所有的行为以及我们最隐秘的思想，那么我们的意志又是什么呢？波伊提乌深刻地指出，我们的奴性是因为上帝预先知道我们会如何做。如果，天意的了解与我们的行动是同时的而不是预先的，我们就不感到我们的意志是无效的了。令我气馁的是，我们的未来，已经精确无误地提前置于某个人的头脑里了。阐明这一点后，波伊提乌提醒我们，对上帝而言，他的最基本处是永恒，没有以前和以后，因为地点的不同和时间的流淌在他看来只是同一个时间和同一个地点。上帝没有预见我的未来；我的未来是上帝惟一时间的部分之一，上帝的时间是永恒不变的现在。（波伊提乌在这赋予 Providencia 一词 previsión 的词源价值；这是谎言，正如词典所解释的 Providencia 不局限于预见事情，还包括把它安排好在内。）

他提到了詹姆斯[1]，而戴维森却神秘地不知道。詹姆斯用神奇的一章同恩斯特·海克尔[2]讨论。宿命论者否认在宇宙只有一个可能的事实，也就是说，一个可能发生或不发生的事实；詹姆斯推断说宇宙有一个总的计划，但这个计划的实施细节却由演员负责[3]。请问，上帝认为什么是细节呢？生理上的痛苦、个人的命运、伦理？可能就是这样。

---

1　指威廉·詹姆斯。

2　Ernst Haeckel（1834—1919），德国生物学家、博物学家。

3　博尔赫斯原注："海森堡的原理——我害怕和无知地说——不像是和这个结论有仇似的。"这里指德国物理学家维尔纳·海森堡（Werner Heisenberg，1901—1976）在二十年代提出的不确定性原理。

# 关 于 译 制

把艺术结合起来的可能性不是无限的，但常常是可怕的。希腊人造出了一个吐火的怪物，一个狮头、龙头、羊头的怪物；二世纪的神学家们创造了三位一体，把圣父、圣子和圣灵不可分地缠在一起；中国的动物学家创造了肥遗，一种超自然的橙黄色鸟，有六条腿和四只翅膀，但是没有脸和眼睛；十九世纪的几何学家创造了双曲立方体，这是个四维的形象，包含无限个立方体，但受八个立方体和二十四个正方形的限制。好莱坞则为这个无用的畸形博物馆增光添色，采用称之为译制的居心不良的手法，搞成的怪物把葛丽泰·嘉宝的优美身段配上阿尔东萨·洛伦索[1]的声音。面对这个令人难过的怪象，面对这个能干的声音——视觉异常，我们怎么能不公开表示我们的惊愕呢？

赞成译制的人辩解说（可能），反对译制的意见也可以用来反对其他任何种类的翻译。这个理由不懂得或者避开了主

---

1 《堂吉诃德》中的一名村姑。

要的缺点：另一个声音和另一种语言的任意嫁接。赫本的声音或嘉宝的声音不是偶然的：它们是在世界上确定自己的一个同伙。同样，值得提醒一下，英国人的衷情神怨的表达方式不同于西班牙人的。[1]

我听说，外省人喜爱译制片。这是一个没有权威依据的可怜的论据；只要奇莱西托或奇维尔科伊的行家们不发表演绎推理，至少我是不会相信的。我还听说，对不会英语的人来说，译制片是有趣的，或者是可以忍受的。我的英文知识不比我一无所知的俄文完美多少；不管怎样，我不愿意听到亚历山大·涅夫斯基[2]用不同于他母语的另一种语言说话，若是放映原版，或我认为是原版，我会热情地看它九遍或十遍。这最后一点是重要的；比译制更差、比译制的替代更差的，是对替代、对欺骗的普遍看法。

没有一个译制片的拥戴者最后不乞求于宿命和宿命论

---

1 不止一位观众这样问过：既然有声音的篡改，为什么不能有形象的篡改呢？此系统何时才能完美？什么时候我们才能直接看到胡安娜·冈萨雷斯表演的嘉宝的《瑞典女王克里斯蒂娜》呢？——原注
2 Alexander Nevsky（1220—1263），俄国历史上杰出的军事家。

的；他们坚持说这种处理手法是不可逆转的进步的结果，并说我们很快会在看译制片和不看译制片之间作选择了。由于电影在世界范围内的衰落（只有少数孤立的例外像《德曼特里奥的面具》对此有所纠正），选择不看电影并不是件痛苦的事。近期的一些可笑行径——我想到莫斯科的《一个纳粹的日记》，好莱坞的《瓦塞尔医生的故事》——迫使我们把不看电影作为反面天堂的命运。观看是种失望的艺术——斯蒂文森这样说，这个结论适用于电影人，经常可悲的是，它也适用称之为生命里不可推却地活着。

## 被改变者哲基尔医生和爱德华·海德 [1]

好莱坞已经是第三次败坏罗伯特·路易斯·斯蒂文森的名声了。这一次遭殃的是《人与兽》，是维克多·弗莱明干的，他不幸忠实于马穆利安 [2] 的版本（反常版本）的美学和道

1 均为英国作家斯蒂文森小说《化身博士》中的人物，医生哲基尔通过药物创造出一个化身海德，把自己身上所有的邪念都给了他。
2 Rouben Mamoulian（1898—1987），美国电影导演。

义错误。我先说后一个，即道义错误。在一八八六年的小说中，哲基尔医生具有双重道义，就像是所有人一样，同时，他的化身——爱德华·海德——是个头顶生疮脚底流脓的家伙；在一九四一年的电影中，哲基尔医生是个禁欲的年轻病理学家，而他的化身——爱德华·海德——是一个具有恶习的人，具有性虐待和杂耍演员的特征。好莱坞的学者们认为，好的方面是同贞洁和害羞的拉娜·特纳小姐的恋爱，不好的方面（在某种程度上使大卫·休谟和亚历山大的异教创始人感到担心），是同英格丽·褒曼或米利亚姆·霍普金斯的非法同居。斯蒂文森对此问题的这种局限或歪曲一无所知，指出这一点是没有用的。在作品的最后一章表明了哲基尔的缺点，色欲和虚伪，《伦理研究》中有一册（一八八八年），他要列举"真正魔鬼式的各种表现方式"，并提出了下列单子："妒忌、居心不良、谎言、吝啬的沉默、诋毁的真实、诬告者、小独裁者、毒害家庭生活的埋怨。"（我倒认为，伦理不包括性行为，如果它不受叛逆、贪婪或自负所玷污的话。）

电影的结构比它的神学更加粗劣。在小说里，哲基尔和海德的同一性是件惊奇的事，谜底作者一直保留到第九章的最后部分。寓意小说似乎成了侦探小说，没有读者猜到海德和哲基尔是同一个人；小说本身的题目也没有告诉我们是两个人。把这个手法移植到电影中去绝不是一件容易的事。让我们想象一下任何一个侦探故事。观众认得出的两位演员在戏中扮演角色（例如：乔治·拉夫特[1]和斯宾塞·屈赛[2]）；他们可以使用相似的语言，他们可以涉及假设是过去共同的事件；当问题无法解释时，一人喝下魔药后就变成了另一个人。（当然，好好实施这个计划须有语音的两三次调整：改变主角的姓名。）比我开化得多的维克多·弗莱明却避开了这个惊奇和所有的神奇；在影片开始的场景中，斯宾塞·屈赛毫不畏惧地一口喝下使人变化的汤药，就变成了戴着不同假发套和具有黑色人种特征的人了。

在斯蒂文森双重寓意的背后和接近阿塔尔写的《鸟儿大会》（公元十二世纪），我们可以构思一部泛神论的电影，它的众多人物，最后都归结为一个人，他是永恒的。

---

1 George Raft（1901—1980），好莱坞演员，多扮演反英雄的角色。
2 Spencer Tracy（1900—1967），美国演员，曾连续两年荣获奥斯卡最佳男演员奖。

图书在版编目（CIP）数据

讨论集 / (阿根廷) 博尔赫斯 (Borges, J.L.) 著；
徐鹤林，王永年译. —上海：上海译文出版社, 2015.6 (2020.3重印)
(博尔赫斯全集)
ISBN 978-7-5327-6829-5

Ⅰ.①讨… Ⅱ.①博… ②徐… ③王… Ⅲ.①随笔-
作品集-阿根廷-现代 Ⅳ.①I783.65

中国版本图书馆CIP数据核字 (2014) 第271789号

JORGE LUIS BORGES
Discusión

图字：09-2010-605号

本书由上海市新闻出版专项资金资助出版

| 讨论集 | JORGE LUIS BORGES | 出版统筹 | 赵武平 |
| | 豪尔赫·路易斯·博尔赫斯 著 | 责任编辑 | 李月敏 |
| Discusión | 徐鹤林 王永年 译 | 装帧设计 | 陆智昌 |

上海译文出版社有限公司出版、发行
网址：www.yiwen.com.cn
200001 上海福建中路193号
上海信老印刷厂印刷

开本850×1168  1/32  印张7  插页2  字数82,000
2015年6月第1版  2020年3月第6次印刷

ISBN 978-7-5327-6829-5/I·4130
定价：30.00元